― 書き下ろし長編官能小説 ―

なまめき地方妻

桜井真琴

JN036402

竹書房ラブロマン文庫

目次

※この作品は竹書房ラブロマン文庫のために
書き下ろされたものです。

第一章　人妻みだら撮影

1

熱海にある温泉旅館の角部屋が、オレンジに包まれている。

（海に浮かぶ夕日がキレイだなあ……）

と、宮沢《みやざわ》聡《さとし》は窓を見ながら思ったが、

「あああんっ！　いいわっ……もっとかき混ぜてっ！」

おばさんの激しい喘ぎ声で、そんなロマンチックな気持ちは一瞬でかき消された。

（しっかし、すげえなあ……）

腹の出た五十過ぎのおばさんのセックスは、まさに獣《けもの》の交尾だ。思わず、トドとかセイウチの性行為を連想してしまった。

それでもずっと眺めていると、ちょっと股間が持ちあがってきてしまうのは、男の悲しい性《さが》であった。

聡は地方都市の小さな広告代理店に勤めるサラリーマンだ。

二十八歳。

東京でバイト暮らしをしていたが、去年、辞めて地元である静岡県X市に帰ってきた。

しばらくは何もせず実家でのほほんと暮らしていたが、両親から「そろそろ働け」と言われ、仕事を再開した。そして最近家を出て、ひとり暮らしをはじめたところだ。

勤務先は広告代理店、といえば聞こえはいいが、実際は商店のチラシ制作やスーパーのイベント運営など、地元密着のなんでも屋である。

ちなみに今日のアダルトビデオの撮影の手伝いは、東京のAVメーカーから頼まれている仕事だ。

この旅館がアダルトの撮影OKという奇特な宿で、東京からスタッフを連れていくより、静岡の近場から派遣した方が安あがりということで、定期的にウチの会社から誰かが撮影の手伝いにやってきているのである。

（こりゃあ、三人目も期待できないなあ……）

聡はため息をついた。

今日こそキレイな女優さんに会えるかと、ウキウキしながら撮影現場の宿に来てみれば、タイトルは《地方の人妻と温泉旅行》である。

応募してきた地方の人妻さんと温泉旅館でヤルという適当な企画で、まさか本当に素人《しろうと》を呼ぶとは思わなかった。最悪だ。

「ああん、気持ちよかったわ」

汗だくのおばさんが、ウフフとはにかんで男優を見た。

男優は行為が終わるとタオルを腰に巻き、そそくさと部屋から出ていった。完全に逃げ腰である。もう一回戦とか言われたくないんだろう。

「良枝《よしえ》さん、よかったっすよ、あの乱れっぷり」

いかつい顔の監督の岡村《おかむら》が、おばさんを褒めた。すると、

「ねえ、私……まだ時間あるんだけど」

彼女が媚《こ》びた声を出したので、岡村は露骨にイヤそうな顔をした。

「次の出演者がもうすぐ来るんですよ。男優も勃《た》ち待ちさせておかないと」

やれやれアダルトの監督も大変だなあと思いつつ、機材を片づけて、次の撮影の準備をしているときだった。

「次の出演者さん、メイクが終わりましたあ」

ＡＤがみなに声をかけた。

ようやく最後かと思いつつ、振り向いた瞬間、聡は固まった。

ふたりのおばさんとは雲泥の差の、美人でスタイルのいい人妻が、恥ずかしそうに立っていたのだ。

（おおうっ……マジかっ！　これが三人目？　あ、当たりだっ。大当たりっ）

聡は思わず唾《つば》を呑み込んで、出演者の女性を見つめた。

ミドルレングスのさらさらした栗色ヘアに、柔和なタレ目がちな双眸《そうぼう》。

ベージュのブラウスと、膝がわずかにのぞく控えめな長さのミニスカートが、落ち着いた品の良さを醸し出している。

（こんなキレイな奥さんのセックスを見学できるのか。ツイてるぞ、俺！）

年は三十歳前後くらいか。

若々しいが年相応の色気があり、大人の女性らしい成熟した甘美な匂いがムンムンと漂ってくる。

すらりとしているが、乳房はブラウスを大きく盛りあげていて、そのふくらみに目がいってしまう。

（この辺に、こんな垢《あか》抜けた美人の奥さんがいるなんて……ん？）

そのときふいに、聡は違和感を覚えた。

女性が聡を見て、「あっ」という顔をしたからだ。

その瞬間、聡の記憶は十二年間を一気に遡《さかのぼ》った。

（……うそだろ……）

聡は慌てて隣の部屋に行き、襖《ふすま》の陰に隠れた。

（香緒里《かおり》さんだ……）

向こうも気づいたから、間違いないだろう。

香緒里は、聡の高校時代の二つ上の先輩だった。

同じバスケ部だったから、学年が違ってもよく知っている。

彼女が卒業してから会ってないから、十二年ぶりだ。

（こんな場所で再会だなんて、うそだろ……）

聡は襖の陰からこっそり覗く。

「えーと、山口《やまぐち》香緒里さんですね。いやあ、写真よりも美人っすねえ。ＡＶは初めてですよね。リラックスしてくださいさい。僕ら、素人さんを撮るの全然慣れてますから」

監督の岡村がさっきとはうってかわって丁寧な挨拶をすると、香緒里はチラチラとまわりを見てから、頭を下げた。

(香緒里さん、俺がスタッフの中にいるって、わかったよな……)

おそらく出演はやめるだろうなと思いつつ覗くと、信じられないことに撮影がはじまってしまった。

香緒里が和室の座布団に座っている。

正座するとミニスカートがズレあがって、香緒里の白い太ももがばっちりとのぞけていた。思わずドキッとしてしまう。

「それでは、名前と年齢、結婚して何年目かをどうぞ」

監督がカメラに入らないように、後ろから質問を出している。

(香緒里さん、どうするんだろ。俺のこと完璧にわかってたよな……わかっていて出演するなんてありえない)

と、思っていたのだが、香緒里はカメラの方を向いた。

「かおり、三十歳。結婚は……六年目です」

(で、出る気だ……しかも本名って……しかし、香緒里さんがなんでAVなんか)

昔から可愛い人だった。

十年以上経っても、その雰囲気はまったく変わっていなくて、愛らしい。

どこからどう見ても、キレイな奥さんである。なぜＡＶに出演しようとしているのか、不思議でしょうがない。

「どうしてＡＶに応募してきたんですか？」

ちょうど訊《き》きたかったことを、岡村が代弁してくれた。

香緒里ははにかんだ。

「あの……恥ずかしいお話なんですが、主人とこのところ、あまり……」

「セックスレスってことっすか？」

言われて、香緒里は小さく頷いた。

「こんな美人の奥さんをほっとく旦那なんて……信じられないっすねえ」

「あ、でも……けして仲が悪いってわけじゃなくて……主人との仲はすごくいいんですよ。でも、なんとなくもう家族みたいで……」

「なるほどねえ。で、どれくらいシテないんすか」

「その……だいたい一年……くらいでしょうか」

消え入りそうな声で香緒里が言う。目の下がねっとり赤らんで、表情はますます色っぽくなっている。

（香緒里さん、一年も旦那さんとシテないのかあ……）

適当にしゃべっている感じがしないので、興奮してしまう。

「そりゃあ、欲求不満になりますよね……だからセックスをしたくなったと」

岡村がズバリと切り込んだ。

香緒里が困ったようにまた、視線をカメラから外した。

「い、いえ……あの……特にそういうわけでは……」

「そんなわけないでしょう。AVに興味があったってことですもんね」

「そ、それは……その……」

かなり恥ずかしがっていて、それがたまらなく男の嗜虐《しぎゃく》心を煽《あお》ってくる。

「奥さん、本音でいきましょうよ。セックスが好きなんですね」

岡村が早口で訊くと、

「……き、きらいじゃないです……」

泣きそうな声で、香緒里が返す。

「きらいじゃないってことは？」

「……す、好きです……」

「じゃあ、カメラに向かって言ってください。私はセックスが好きな人妻ですって」

岡村は容赦なかった。

香緒里がいやいやする。

だが岡村は真面目な声で、「お願いします」と圧をかけていく。

「ホントに……い、言うんですか？」

カメラが香緒里に寄っていく。

（おおお……言うのかっ、あの香緒里さんが……）

聡は慌てて股間に手をやって、勃起の位置を組み変えた。

香緒里はうつむいていたが、やがて意を決したのか美貌をあげ、髪をかきあげながら、ハアと色っぽくため息をついた。

「わ、私は……セックスが好きな……」

そこまで言って、香緒里はつらそうに口をつぐむ。だがカメラはまわっている。香緒里は顔を強張《こわば》らせながら、

「私は……セックスが好きな人妻です」

と、台詞《せりふ》を口にして、恥じらうように顔を伏せた。

（くうう……た、たまらん）

清楚な香緒里の口から淫語が出ただけで、聡のチンポはパンツの中でビクンッビクンッと大きく反応してしまった。

2

「じゃあ、そろそろ脱いでもらいましょうか」

岡村がさらっと言った。

「え……？」

香緒里は驚いた目を向ける。

「こ、ここで、ですか……？」

「だって……奥さんって、細身なのにおっぱいやお尻は大きくて、いい身体してますよねえ。服の上からでもわかりますよ、生唾もんです。せっかくだから、自己紹介なんてさっさと終えて、カメラの前でご披露しちゃいましょうよ」

「や、やっぱり……恥ずかしいです」

香緒里はミニスカートの裾《すそ》を引っ張りながら答える。

「それは百も承知です。だからこそ、脱いで欲しいんです。じゃあ奥さん、下着ならいいでしょう？　水着みたいなもんですから、全然平気っすよ」

岡村があっけらかんと言う。

（どうすんだろ……前のおばさんふたりはあっさり脱いだけど、香緒里さん、本当に脱ぐのかなあ）

ところがだ。何度も岡村が「お願いします」と言い続けていると、やがて諦めたようにくるりと後ろを向いて、ブラウスのボタンを外しはじめた。

（ぬ、脱ぐの……脱いじゃうの……？　香緒里さん……）

聡の興奮が高まった。

ブラウスを脱ぎかけたところで、岡村はさらに注文をつける。

「あ、奥さん、ちょっと待って……先にストッキングを脱いでください」

「え……？」

肩越しにこちらを向いた香緒里は、眉を曇らせる。

「奥さんみたいな美人は、じっくりと脱いでいくのがいいんです」

岡村がイヒヒといやらしく笑う。

スタッフたちも、今までとは違って、なんだか楽しそうだった。

聡は複雑な感情に襲われる。

憧れの先輩の下着姿を見たくてたまらないのだが、他人にはあまり見せたくないという独占欲だ。

「……わかりました」

香緒里はまた後ろを向き、両手をミニスカートの中に潜り込ませる。

パンティストッキングを脱ぐためには、腰をかがめてスカートをまくらなければならない。

香緒里は「ああ……」と悲痛な呻《うめ》き声を漏《も》らしながら、こちらにお尻を突き出すような格好になる。

腰は細いのに、そこから広がる双臀《そうでん》のボリュームは熟れた人妻ならではだ。

香緒里がスカートをめくる。肌色のパンティストッキングに包まれたピンクの布がもろに見えた。

(パ、パンティ……香緒里さんのパンティとお尻！)

さらに薄いストッキングがくるくると丸められて、ムッチリした太ももから剝《む》かれていく。

「奥さんの脚、すらっとしてキレイですねえ」

「そ、そんな……別に普通です」

「いや、キレイですよ、奥さん。そろそろこちらを向いてくれませんかね」

岡村の言葉に、香緒里は正面を向いた。

もうトマトみたいに美貌が真っ赤だ。

「先にスカートを脱ぎましょうか」

言われて香緒里はスカートのホックに手をかける。つらそうな表情が、男心をくすぐってくる。

香緒里は足元にスカートを落とした。

ブラウス一枚の扇情《せんじょう》的な格好で、香緒里は恥ずかしそうに太ももをよじらせる。

「いいですねえ。じゃあ、次にブラウスをお願いします」

言われて香緒里はためらいつつも、ブラウスのボタンを外していき、すべてを外し終えるとゆっくりと肩から抜いていく。

（おおう！）

心の中で聡は叫んだ。

ブラウスを脱ぐと、シルクのようなキャミソールが現れた。胸の隆起がすさまじかった。

裾が短いからパンティが丸見えだ。

レースの縁取りのあるローズピンクのパンティは、若い女性の穿くような小さめのものでなく、お腹までしっかり隠れるおばさん下着だった。

「あれえ……？　奥さん、ちょっと両手をあげてもらえませんか？」

岡村がなにかを発見したように目を細める。

「え……？　い、いやです」

香緒里が今までとは違い、はっきりと拒否をした。

「どうしてです？」

「だって……その……緊張してるから……」

「じゃあ、奥さん。こうしましょう。キャミソールをまくって、お尻を見せてください。それならいいでしょう？」

「なっ……！　そんなこと……」

「じゃあ、両手をあげましょうか？　どっちがよろしいですか？」

岡村の追いつめ方が怖い。

さすがプロは違うなと思っていると、

「……わ、わかりました」

と小さく頷き、もう一度、香緒里は背を向けた。

両手でキャミソールの裾をつかむと、そのままゆっくりと持ちあげていく。

（おおっ……腋《わき》の下よりお尻を見せる方がいいのか……）

聡の鼻息はいっそう荒くなった。

くびれた細腰から、はち切れんばかりにパンパンに張った双尻。

ローズピンクのパンティは大きめサイズだが、それでも尻肉がハミ出るほどの大きなお尻だ。

(香緒里センパイのお尻……たまんない……ん?)

こっそりと岡村が合図している。

そばに、先ほどの若い男優が戻ってきていた。

(な、なんだ?)

男優はタオル一枚の姿で、ゆっくりと香緒里の背後に近づいた。

そのときだった。

男が香緒里の両手を取って、強引にバンザイさせたのだ。

「ああっ!　な、何をするんですかっ」

そこでようやく、香緒里が手をあげるのを拒んだ意味がわかった。

(う、うわっ、すごいッ!)

香緒里のキャミソールの腋下が、汗ジミをつくっていた。かなり大きなシミだ。

「い、いやっ……下ろさせてっ」

香緒里は抗《あらが》うものの、男優の力は強くてびくともしない。

「すごい腋汗ですねえ。奥さん、いつもこうなるんですか？」

「いやっ……許して……今日は緊張してるんです。普段は違います……」

香緒里が目尻に涙を浮かべて、顔を振り立てる。

「いいですねえ……清楚で上品な三十路《みそじ》妻の濃厚な腋汗、最高ですっ」

岡村がニヤニヤしながら香緒里を辱《はずかし》める。

「そんなこと言わないでください。ああんっ……だめです。ホントに許してっ」

スレンダーな肢体をくねらせて、なんとか逃れようとしているが、男優が両手をつかんでいてどうにもならない。

「だったら、もうキャミソールも脱いじゃいましょうよ」

岡村がしたり顔で言う。

「ええっ……でも……」

「下着をさらすのと、腋汗をさらすのはどっちがよろしいんですか？」

「わ、腋はもう……見せたくありませんっ」

「でしょう？　じゃあ脱ぎましょ、脱ぎましょ」

岡村は香緒里の背後に立つと、ゆっくりとキャミソールをたくしあげていく。

「あぁっ……いやっ、いやああっ……恥ずかしいっ」

ローズピンクのブラジャーに包まれた巨乳があらわにされる。

「だめっ、だめええ！」

香緒里が叫んで、顔を振った。

岡村が香緒里のブラジャーのホックまで外してしまったのだ。

そしてすかさずブラを取り去り、男優が香緒里の豊満な乳房を両手で後ろから揉みしだいた。

「ああんっ……いやっ」

香緒里が本気の泣き顔でいやいやする。

（あんな風におっぱい揉まれて……）

かわいそうだと思うが、もっと見たい。

そのときだった。

ガタッ！

大きな音がして襖が外れた。体重をかけていた聡はそのまま転がるように、香緒里の前に姿を現してしまう。

（や、やば……）

思い切り、香緒里と目が合った。

「い、いやぁぁぁぁ！」

香緒里は両手を振り払うと、慌てて乳房を手で隠しながら部屋から走って出ていってしまった。

3

（いや、参ったな……）

聡はため息を何度もつきつつ、旅館の廊下を歩いていた。

結局、香緒里は出るのを辞めると言い張って、撮影は中止になってしまった。

中断させてしまった聡は、スタッフから総バッシングだ。

一応気が変わったらと、そのままスタッフたちと待機しているのだが、香緒里は控え室である部屋から出ようとしなかった。

（まあ、でもよかったよな）

聡はしかし、ホッとしていた。

あのまま目の前で香緒里が男優に抱かれるなんて、見たい気持ちもあるけど、見たくなかった気持ちの方が大きかった。

（これでよかったんだよな……ん？）

部屋から香緒里が顔だけ出して、おいでおいでをしている。

聡は言われるままに香緒里の部屋に入る。

彼女はドアに鍵《かぎ》をかけてから、はあ、と大きなため息をついた。

「……びっくりしたわ。まさか宮沢くんがいるなんて……」

「やっぱり、俺ってわかってたんですね」

「初めは他人の空似かと思ったけど……でもどう考えても、キミだし……」

「俺も最初はわからなかったんですよ。まさか香緒里さんが、その、あの……出演するなんて……」

言葉を選んだつもりだったが、香緒里は顔を赤らめてうつむいてしまった。

「……」

（なんて言えばいいんだろう……）

聡ははたと困ってしまった。

事情を訊こうと思ったが、香緒里をイヤな気持ちにさせたくないと思い直した。

そのときだった。

携帯が鳴ったので、慌てて出る。

岡村からだった。

「はい、宮沢です……え？」

ちらりと香緒里を見た。

「はい……ええ、今一緒にいます。はい……はい……わかりました」

電話を切ってから、香緒里の方を向く。

「あの……スタッフは帰るそうです。ここ、一泊分の料金を払っているから、香緒里さんはそのまま泊まるか、帰ってもいいそうです。それで、もし気持ちが変わったら連絡してくれって」

「そう……ごめんなさい、迷惑かけて。スタッフのみなさんにも伝えて……それにキミにもすごい迷惑を……」

「別にいいんですよ。よかったです、香緒里さんがやめてくれて」

本音を話すと、香緒里は少しホッとしたような顔をした。

「キミはどうするの？」

「俺も帰ります」

「一緒に泊まらない？」

「え？」

思ってもいない言葉が出てきて、聡は目を剝いた。

「ううん、その……今日は帰りたくないっていうか……一泊するってうちの人には言ってきたから、急に帰るとへんだなって思われるし。だけど、ひとりではいたくないの、すごく怖かったのよ、あんな風にされるなんて……」

香緒里の顔が強張っていた。

それはそうだ。元々は香緒里自身がＡＶ出演を望んだとはいえ、岡村たちの手慣れた雰囲気は、慣れない素人出演者には怖く映るだろう。

「い、いいですけど」

「よかった」

香緒里がニコッと微笑んだ。


夕食は部屋に運んでくれるシステムだった。

頼んだビールが来るまで、部屋を眺めるふりをして、香緒里の全身を盗み見る。

高校時代の愛らしさを残しつつ、タレ目がちな柔和な表情からは、しどけない色気がにじみ出ていた。

（いかん……また……思い出してしまう……）

ほっそりしている雰囲気があったが、下着姿の香緒里はムチムチしていて、三十路の人妻の熟れっぷりがたまらなかった。

「宮沢くん、ずっとあのお仕事を？」

ちょうどビールとウーロン茶が運ばれてきて、乾杯してから香緒里が訊いてきた。

「いえ……東京で仕事してたんですけど、去年、静岡に戻ってきて今の会社に……あ、でもあのＡＶの会社じゃなくて広告会社です。小さいところだから、いろんな仕事を引き受けてるんですよ」

香緒里は山梨で、旦那とふたりで暮らしているらしい。

なんだか緊張してしまい、ビールを勧めると、

「そんなに飲めないわよ……それとも、私を酔わせたいのかな」

「えっ」

「ウフフ、冗談」

香緒里はニッコリ微笑みながら、ビールグラスをこちらに向けてくる。

（い、いい雰囲気じゃないか……？）

いや、からかっているだけだ。

と思いつつも、やはり一年間も夫とシテなくて「欲求不満」という事実が頭から離れない。

「宮沢くんは結婚してるの？」

ふいに訊いてきた。

「してないです。というか、彼女いない歴五年ですから」

「そうなの？　昔はモテてなかった？」

言われて、聡は眉を曇らせた。

「ないですよ、そんな……」

「でも、私は素直な子で、いいなあと思ってたわよ」

「そう……なんですか」

「そうよ。いい子だなって」

そんなこと初めて言われた。

大人のお世辞でも、ちょっとうれしい。

ビールがなくなり、おかわりを頼んだ。香緒里は少し酔いがまわっているようで、ますます色っぽい表情だ。

次のビールが来て、またグラスについでやる。

香緒里がそれを口にしてから、ふいに言った。

「……ねえ、私のことといやらしい女だと思ってるんでしょ？」

上目遣《うわめづか》いにキワドイことを言われ、聡は食べていた唐揚げを喉につまらせ、慌ててビールで流し込んだ。

「い、いや……そんなこと……」

「うそ。絶対に思ってる。まあいいんだけどね。夫婦の話、本当だし」

「でも、夫婦仲は悪くないんですよね」

「……表面上はね。ケンカとかしたことないし。というか、するほど会話してないというか、もう私を女として扱ってないというか」

「え、まさかあ……」

聡が絶句すると、香緒里はウフフと笑って艶《なま》めかしい目で見つめてきた。

「なにが、まさかなのかしら」

「えっ、だって……いや、その……香緒里さんはこんなに魅力的、というか、その、可愛いっていうか……」

香緒里がはにかんだ。

「ありがとう。でもね、ここんとこ、かなり体型が崩れてきてるんだけどね」

「あれで崩れてきたんですか？」

まずい、と口をつぐんだ。

香緒里は頰をふくらませる。

「いやん、もう……完璧に見られちゃったわね……崩れてるわよ。若いときなら、おっぱいはもう少し張りがあったし、腰も……って、こらっ……なにを見てるのッ」

聡が胸元に視線をやったのに気づいた香緒里は、さっと片手で胸のふくらみを隠して、おしぼりを投げるまねをする。

「す、すみませんっ……で、でも……そのやっぱりスリムですよ。あと、俺が言うことじゃないですけど……なんでアダルトビデオに……」

今のこの雰囲気なら訊けるかと思い、聡は思い切って尋ねてみた。

「……実を言うとね、私の友達が無理矢理に応募しちゃったのよ。その子も一回出たことあってね、すごく楽しかったって……で、もうこれからは身体のラインも崩れる一方だから、キレイなうちに出たらってすごく勧めてきて、ついつい……あん、もう……あんな恥ずかしいことされるなんて聞いてなかった」

香緒里はおかわりのビールをグイッと飲んだ。

「いや、でも……魅力的でした」

「もうっ、お世辞はいいわよ」

「マジですってば」

言うと、香緒里はテーブルの向こうから、身を乗り出してきた。

そのとき、ああ、かなり酔っているんだなと初めて気づいた。呼気がアルコールをふくんで甘ったるくなっていたからだ。

肩までの髪はさらさらで、容貌は可愛くて色っぽくて……。

そのとき、心臓がとまりそうになった。

香緒里がテーブルにあった聡の手を握ってきたからだ。

「……宮沢くん、五年も彼女いないの？」

「は、はい……いないどころか、経験もひとりだけで……」

どうも緊張して、さっきから言わなくていいことばかり話してしまう。だが、そのウブな感じがよかったのか、香緒里は慈《いつく》しむような目を向けてくる。

「じゃあ、女の人のこと、もっと知りたい？」

驚くような台詞に聡は固まった。

(夢だ。きっとこれは夢なんだ……)

バクバクと心臓は高鳴り、耳鳴りすら襲ってきた。

「……そ、それはもう……」

返事をするのが精一杯だ。

また見つめられる。今度はもっと熱っぽい感じだ。

「……ウフッ。私でいいなら、経験させてあげる。それで、少しは今日のキャンセルの、罪滅ぼしになるかしら」

耳元でささやかれて、聡は身を固くした。

まさかの展開に、心臓がバクバクと音を立てている。

4

布団を敷くやいなや、甘い雰囲気がふたりの間に一気に流れだした。

香緒里は唇を差し出してくる。

鼻先に漂ってくる、人妻の甘ったるい呼気がたまらなかった。

聡も震えながら少し屈むと、香緒里はギュッとしながら唇を重ねてきた。

「んんっ……」

（ああ、キスしてるっ、香緒里センパイの唇っ……柔らかいっ……）

「ぅんん……んんんっ……」

悩ましい鼻息を漏らしながらも、香緒里の手が背にまわってくる。

聡もまわした。

こんな美人と恋人同士のように抱き合い、唇を貪り合えるのは夢のようだ。激しく勃起した。

「ウフフ……」

キスをほどいた香緒里が、硬くなった股間をさすってくる。

「んくっ……」

甘い刺激に腰がビクッと震える。

香緒里が、優しい目でこちらを向く。

「すごいわ、ホントに興奮してくれてるのね」

「どうしてそんなに、自分に自信がないんですか。絶対、魅力的なのに」

見つめ返して言うと、香緒里は艶めかしく目を細める。

「三十になるとね、急になんかおばさんって感じるようになるのよ。でもよかった。私の身体で興奮してくれてるのね」

「も、もちろんです……あ……」

香緒里が聡のジャケットを脱がし、Ｔシャツをめくりあげてきた。

シャワーを浴びないでいいのか訊こうと思ったが、汗ジミのことがあったので、向こうから言われない限りは、そのままにしておこうと思った。

あの腋の匂いを嗅いでみたかったからだ。

聡はバンザイしてＴシャツを脱ぎ、ズボンも脱いでパンツ一枚になる。

股間がいびつなほど盛りあがっている。

香緒里はそれを見て頬を赤らめながらも、ブラウスを脱いでいく。

キャミソールは着ていなかった。あれだけ腋汗で濡れたのだから、脱ぐのは当然だろう。

憧れの香緒里の腋汗……三十路の美人妻の濃厚な匂い……。

別にフェチではないが、香緒里のものならば、どんな匂いも嗅いでみたかったし、あらゆるところを舐《な》めたり、触ったりしてみたかった。

ローズピンクのブラジャーに包まれた巨乳に、熱い視線を注ぎながら息を呑む。

(あのおっぱいも……これから俺が好きなようにできるのか……)

思うだけで、股間がビクビクと脈動してしまう。

「やだ、胸ばかりじっと見て……」

いやだと言いつつも、香緒里は凝視されているのがうれしそうだった。

ミニスカートを落としてから恥ずかしそうにしながらも、両手を背にまわしてホックを外し、ゆっくりとブラジャーを取り去った。

(おおっ……)

スレンダーな体形に似つかわしくない、重たげなバストがこぼれ落ちた。

デカいのに垂れてない。そして乳輪が大きくて、ぷっくりと柔らかそうにふくらんでいる。色も薄ピンクで美しかった。

「あんっ……そんなに見ちゃだめっ……」

香緒里が拗《す》ねたように怒って、両手を胸の前でクロスさせて隠した。だけど大きすぎる乳輪がハミ出している。

「ど、どうして隠すんですかっ、そんなにキレイなのに」

「だって大きすぎるでしょ。その……私の乳輪。コンプレックスなのよ」

「それ、パフィーニップルって言って、男の憧れの乳輪なんですよ」

聡の言葉に、香緒里は意外そうな顔をした。

「そうなの……?」

「そうですよ」

「……なんかうれしい。宮沢くん、女の人を悦《よろこ》ばせるのはうまいじゃないの。あんっ、なんでもしてあげたくなっちゃう」

布団にうながされた。

仰向《あおむ》けにされ、香緒里が上から身体を重ねてくる。

ふんわりと柔らかくて、甘い匂いに包まれる。

「おううう」

あまりの気持ちよさに、思わず妙な声を出してしまった。

「なになになに……どうしたの？」

香緒里が慌てて身体を離し、驚いた目を向けてくる。

「……き、気持ちよすぎて」

「ええ？　まだギュッて、しただけよ？」

「いや……だって……香緒里さんの肌がすべすべで、甘い匂いがするし……おっぱいも押しつけられてるし、もうこれだけで、俺……出そうになって」

みっともないが、あまりの刺激で頭のネジが外れそうだった。

香緒里はまた重なってきて、慈愛に満ちた目で見つめてきた。

「ウフフ。可愛いんだから……じゃあ、少しずつ……ね」

手をとられ、ふくよかな乳房に導かれた。

下垂したおっぱいはまったく垂れていない。目を見張るような美乳に触れて手が震えた。

「いいのよ、触って」

聡は言われるままに、下から乳肉に指を食い込ませる。

手のひらを大きく広げても、つかめないほどの大きさに陶然《とうぜん》としながら、ハアハアと息を荒げて揉みしだいていく。

「ん、んんっ……どう？　私のおっぱい。ご期待にそえたかしら」

「すごいです。揉みごたえっていうか……なんかもう興奮で頭が痺れてきて……たまりません、香緒里さんっ」

ガマンできなくなってきて、思わず両手でグイグイと揉んでしまう。

「あんっ、い、いきなりそんなに強く、はぁンッ！」

香緒里の落ち着いた声が、急に甲高《かんだか》くて幼い感じになった。

(感じた声……可愛いっ)

もっと揉みたいと、香緒里を仰向けにさせる。

そして本能のままに、ひしゃげるほどに強く揉みしだく。

「んふっ……アア……ま、待って……あんっ……ちょっと……宮沢くんっ、ああっ、あっ……あううんっ」

香緒里は眉間にシワを寄せ、せつない表情をさらしてくる。

「か、香緒里さんっ……」

聡はパンツを脱ぎ、全裸になる。

そうして再び覆い被さり、腋の下に鼻を寄せていく。

「え！　あんっ！」

香緒里が逃げようと身をよじる。

しかし聡は押さえつけながら、鼻先をツルツルに剃《そ》りあげた腋の下に持っていく。

「ああんっ、なにをしてるのっ……そんなところを嗅がないでっ……ああ、シャワー浴びればよかった」

香緒里はしかし、本気で怒ってはいなかった。

しょうがないなあ、という感じで顔をそむけながら、なすがままにされている。

聡は息を荒げて、クンクンと匂いを嗅いだ。

（うわあっ、すげえ……）

ツンとくる甘酸っぱさに、興奮はますます高まる。

そのまま鼻先を移動させて、おっぱいに押しつける。男の夢である、おっぱいに顔を埋《うず》めるというヤツだ。

（うおお……）

柔らかい乳肉の圧迫に息がつまった。

聡は両手で乳房を寄せつつ、胸の谷間に顔を埋めて目をつむり、うっとりと柔らかな感触を楽しんだ。

「赤ちゃんみたいね。いいのよ、吸って」

母親のように優しい声だ。

「ああ……香緒里さんっ……」

思いの丈《たけ》を口にしながら、頂《いただき》を軽く頬張った。

「んっ……！」

軽く吸っただけで、香緒里はビクッと震えた。

その反応を見あげながら、ちゅぱちゅぱと吸い立てる。

「ああんっ……」

すると、香緒里はさらに高い声を放ち、顔をのけぞらせた。

（か、感じてるっ……）

間違いない。こんな拙《つたな》い愛撫でも悦んでくれている。

うれしくなって香緒里の大きなバストを捏《こ》ねるように揉みしだき、乳首を押し出しながら、かすめるように乳頭部を舐める。

「ああ……気持ちいいわ……宮沢くん」

「え……ホ、ホントに？」

「ええ……とろけちゃいそう。いいのよもっと……」

頭を撫でられ、ますます気持ちが昂《たか》ぶった。

チュウウと音を立てて吸ったり、軽く歯を立ててみたりした。

「あっ……あッ……」

舐めていると、また香緒里の様子が変わってきた。

どうにもならないといった表情で、

「ああっ……んっ……アッ……ああンッ……」

と、少し鼻にかかるような、甘ったるい喘ぎ声を出して、全身をくねらせはじめている。

（エ、エロい……）

乳首は口の中でさらに硬くシコり、汗ばんだ味と匂いが強くなっていく。

「あ、乳首が硬くなってきました」

ついつい言いながら、指先でキュッと先端をつまんだ。

「ンッ、ンンッ……ああんっ、あああ、言わないでっ、恥ずかしい」

のけぞりながら、人妻は湿った声を漏らす。

全身が汗ばんできている。

ほんのりと甘い体臭に、汗の匂いが混じる。

忘れかけていた淫靡《いんび》なセックスの匂いだ。男と女の恥ずかしい匂いが混じる。

「俺の愛撫で、大丈夫ですか……」

心配になって、また訊いた。

「あんっ、大丈夫よ。だってすごく丁寧なんだもの……こういうの、女の人はうれしいのよ。あなたのものにしてっ……て思っちゃうの」

「じゃあ、今、香緒里さんはそう思ってるんですか？」

「うん……してほしいわ……今は、キミのものにしてほしい……ねえ、してみたいこといろいろあるんでしょ？　遠慮しないで」

「は、はいっ……」

ぐにゅうと手で乳房をつぶし、ねろねろと舌を丹念に這わせていき、大きな乳輪をツバまみれにする。

「え……ま、待って……あ、アアッ……あううんっ……」

香緒里がせつなげに見つめてきた。

細い眉がつらそうにゆがみ、とろんとした目が潤んで今にも泣き出しそうだ。

はやる欲望と葛藤しながら、胸のふくらみを揉みしだいた。

「あああっ……え、遠慮しないでって言ったけど、そんなに……あんっ、そんなにおっぱいをいじっちゃ……ああっ、はあああんっ……ああっ……」

香緒里の腰がうねり、息づかいが荒くなっていく。そして、パンティ越しに下腹部をこすりつけてきた。

「ああんっ、許してっ」

三十路の人妻がすすり泣きをしたときだった。聡をギュッと抱きしめてきて、ビクンッ、ビクンと大きく痙攣《けいれん》した。

「か、香緒里さんっ……」

悦んでくれていると思って、さらに尻を撫でまわすと、

「まっ、待って……イクッ……もう、イッてるから……お願い、今、今は、お願いっ触らないで！」

（ええ？）

たしかに腕の中で、いつまでも女体が震えていて、濃密な獣じみた匂いがキツく漂ってきている。

（俺の拙い愛撫で、香緒里さんが……年上の人妻がイッてくれたんだ）

うれしかった。

自分が大きくなった気がして誇らしかった。

5

しばらくして、香緒里は聡の胸から顔を離した。

もう耳まで真っ赤で、大きな瞳が涙で濡れている。

「ごめんね……体験させてあげるなんて言って、私だけ気持ちよくなって……次はちゃんとするから」

香緒里がゆっくりと上体を起こす。

すると、香緒里のパンティに、大きなシミがあった。

「やだっ、見ないで」

香緒里が両手で股間を隠した。

「だめです。なんでもさせてくれるんですよね。香緒里さんのおまんこを披露してください っ」

「ああん、もう……」

香緒里は恥じらいつつ、パンティを脱いで仰向けになった。

そして顔を背けながら、両足を開いていく。

聡は手を伸ばし、そっと繊毛をかき分ける。ぷっくりとした肉土手の狭間《はざま》に、ピンクの肉ビラが見えた。

「ううっ……」

香緒里が恥辱の声をあげる。太ももがぷるぷると震えている。

もっと恥ずかしがらせたいと、思い切って中指と人差し指でVの字をつくり、そのまま亀裂をぱっくりと割り裂いた。

「ああ……いやっ」

香緒里が顔をさらにそむけた。

目をギュッとつむって、少女のように震えている。

（か、可愛い……）

じっと見ていると、香緒里は目を開けて、キッと睨《にら》んでくる。

「ああんっ……もう、そんなに眺めないでっ」

そんな風に言われたら、もっといじめたくなってしまう。

聡は指をそっと陰部に差し入れて、ぬるっ、ぬるっ、と濡れそぼる内部をこすりあげていく。

「あ、あんッ」

香緒里がクンッと顎をそらす。

「ぬ、濡れてるっ……こんなにっ」

意地悪く、香緒里の顔の前に蜜まみれの指を出す。

「やめてよ……だ、だって……キミがエッチすぎるのよっ、もうっ」

プイとそっぽを向く人妻が、なんとも可愛すぎた。

「エッチにもなりますよ、こんな状況……」

今度は縦溝にもっと強く指を押し当て、上下に滑らせる。

すると、ちゅくちゅくと水音がして、

「はぁんっ……」

と、香緒里が湿った喜悦の声を漏らす。

もっと感じさせたいと指を動かすと、上部の突起に触れた。クリトリスだ。

「ああっ！」

香緒里が鋭く反応して、尻を震わせる。

今までとは違い、弾《はじ》かれたような反応の仕方だ。

やはりクリトリスは敏感らしい。

聡は持っている知識をフル活動させ、フェザータッチで陰核を撫でまわしていく。

「ううっ……あっ、あっ……そんなにされると……」

香緒里が腕をつかんできた。

「なんか、今日……すごく感じるっ……」

すがるように見つめてくる。欲しがっている女の顔だった。

こちらも、もう限界だ。

「香緒里さん、あの……ひ、ひとつに……ひとつになりたいっ」

「……いいわ……きて……キミのものにして……」

香緒里が自分から大きく脚を広げた。

いよいよだ、と思うと全身が震えた。

高校時代に憧れていた先輩だ。まさかそんな人とつながれるなんて……。

感動しつつ、ぐっしょり濡れた花園に、はち切れんばかりの肉竿《にくざお》を押しつける。

(あ、あれ……？)

思ったところに穴がなかった。

すると、香緒里が手で肉棒をつかんで、スリットの下方に導いてくれた。

改めて正常位で一気に腰を入れる。狭い穴が押し広がり、ぬるっとペニスが滑り込んでいく。

「あ、あぅぅっ！」

香緒里が背をそらし、感じ入った声を漏らした。

たわわな乳房が目の前で揺れている。

(入ってる……俺のが……香里さんの中に……)

蜜壺《みつつぼ》は思っていたより狭かった。

膣の中は果肉を熱く煮つめたようで、だが肉の襞《ひだ》は生き物のようでもあった。

「くううう、き、気持ちいい……」

思わず唸ってしまった。

ぬるぬるした膣襞がからみついてくるのも素晴らしいが、なによりも憧れだった人を自分のものにしたという満足感がすごい。

貫きながら、美貌を見た。

香緒里は目をつぶったままだったが、挿入の歓喜を噛《か》みしめるように、眉間に深いシワを刻んで、ハアハアと喘いでいる。

ミドルレングスの髪が汗で頬に張りついていて、なんとも凄艶《せいえん》だ。

前傾してグイと押し込むと、

「ああっ……あんっ……大きいっ……ああんっ」

と、香緒里はさらに背中を浮かせ、幼げな可愛い喘ぎ声を漏らす。

表情がつらそうだ。

なにかをこらえているみたいだった。

「い、痛くないですか」

心配になって訊くと、香緒里が顔を振った。

「大丈夫よ。久しぶりだったから、ちょっとびっくりしちゃっただけ……すごくいいわ。動かしてみたいんでしょう？」

「は、はいっ」

返事と同時に腰をグラインドさせる。

ぐちゅぅ、ぐちゅぅ、と膣内から蜜があふれ出る。

「ああんっ……まだ私の中で大きくなるの？　うそでしょ……ぁああっ、ああっ」

香緒里が大きな目を見開いている。

本気でびっくりしているのだ。

「す、すみません」

謝りつつも、本能でさらに激しくピストンしてしまう。

「あはっ……ぁああんっ……か、硬いのがっ……お、奥まできてるっ……」

気持ちよさそうにのけぞりながら、うわごとのように香緒里が言う。

打ち込むたびに、乳房がゆっさゆっさと縦に揺れて、男の目を楽しませる。

さらにストロークを続けていると、膣の圧迫が強くなる。

「くううう、そんなに締めつけたら……」

ハアハアと肩で息をしつつ、香緒里を凝視する。

「あんっ、だって……感じちゃうのっ……ああんっ、体験させてあげるなんて言っておいて、私がこんなに乱れて、みっともないっ……ああんっ、ああんっ」

香緒里は右手で口元を隠そうとする。

聡はその手が邪魔だとばかりにつかんで、指をからめた。

左手とも指をからめる。

恋人つなぎだ。

そのまま押さえつけると、香緒里がいやいやした。

「あんっ、ひどいわっ……見ないでっ、こんな顔、見ないでっ……」

たしかに淫らすぎる表情だ。

(香緒里さんって、こんなエロい顔するんだ……)

どうにも昂ぶって、ますます腰を激しく動かしてしまう。

ぐちゅ、ぐちゅ、と果肉のつぶれるような音が立ち、表皮が媚肉に締めつけられてこすられる。

甘い密着感が増していき、とろけるような刺激が全身を駆け巡る。

「あ、あんっ……ああんっ、あああっ……は、恥ずかしいのに、気持ちいいっ」

いつの間にか香緒里も腰を動かしてきた。

すると当たる角度が少し変わり、先端がなにかを叩いている感触があった。

(し、子宮だ……香緒里さんの大事な場所だ)

うれしくなって、根元まで押し入れようと、ググと下腹部を押し込んだ。

「はううう！　だめっ、そんなにしたらっ、だめぇぇぇ！」

香緒里が無理矢理、恋人つなぎをほどいた。

そうして聡の首にしがみついてきて、唇を押しつけてくる。

「う、ンうんっ……ううんっ……」

(キ、キス……香緒里さんとディープキスッ)

挿入しながらのキスは、身も心もとろけそうだ。ツバも吐息も甘くて、ずっと口づけしていたくなる。

もう出そうだった。

それでも歯を食いしばってピストンする。

パンパンと肉の打擲《ちょうちゃく》音が鳴り響き、汗が飛び散りシーツを濡らす。結合部はもう汗と愛液とガマン汁で、ぐしょぐしょだ。

「ああんっ、すごいっ、聡くんのオチンチンに、メチャクチャにされちゃぅぅ！」

香緒里は口づけをほどくと大きく吠えた。

「ああん、そんな……ああん、私も、ああん、イク……イッちゃうっ……」

また香緒里が眉間に縦ジワを刻んだ、セクシーな顔を見せてきた。

もう射精してしまいそうなギリギリの状態だ。それでも聡は突き入れた。

「あ、イッ、イクッ……！」

香緒里は生々しい声をあげ、ギュッと聡にしがみついてきた。

同時に肉襞がきつくペニスを締めあげてきた。ペンチで握られたのかと思うほどの強い締めつけに、聡は目を白黒させる。

「うあっ、か、香緒里さんっ、それやばい……！」

慌てて抜こうとしても遅かった。

まるでおもらししたように、切っ先から熱い男汁が噴出し、香緒里の膣内に注ぎ込んでいく。

「あああ……」

情けない声を漏らしつつ、聡も香緒里を抱きしめる。

「ああんっ、熱いっ……すごいっ……いっぱい……」

香緒里がいやいやした。

当たり前だ。人妻に中出しである。

だが、どうにもできなかった。

おそろしいほどの、心地よい射精だ。

気絶しそうなほどの恍惚感《こうこつ》に、聡はだだ漏れで精を放出する。

ぶるっ、ぶるっと震えが続き、ようやくすべてを注ぎ切ってから香緒里を見た。

怒っているかと思いきや、慈悲深い笑みを浮かべている。

「ウフッ……ガマンできなかったのね」

「は、はい……ごめんなさいっ……気持ちよすぎて……うわあっ、どうしよう……」

萎《な》えた肉竿を抜いて狼狽《うろた》えていると、香緒里は年上らしくギュッと聡の頭を抱え込んでナデナデしてくれた。

「大丈夫よ、一応、そういう日じゃないから……でも、うれしいわ……私の身体がそんなによかったのね」

「は、はい……こんな気持ちいいの初めてで……死ぬかと思いました」

聡はおっぱいに顔を埋めながら、正直に言う。

香緒里がクスクス笑った。

その振動で乳房が揺れて、顔を叩く。

「私も……こんなに感じたの初めて……ねえ、お風呂に行きましょうよ」

内風呂つきの部屋だから、ふたりでしっぽりと温泉が楽しめる。

夢の続きを見せてくれるとわかり、聡は再び力をみなぎらせていくのだった。

第二章　欲しがりな若妻

1

聡は磨りガラスの引き戸を開ける。

「おおっ」

石造りの露天風呂は月明かりに照らされてムーディだった。

一歩中に入るとすぐ、やわらかな湯気がふたりの身体を押し包んでくる。空には雲もなく、満月が浮かんでいる。

硫黄《いおう》の匂いを嗅ぎながら、周囲を見る。

カランがひとつと、桶《おけ》がひとつ。

中心に小さな岩風呂があり、滾々《こんこん》と湯があふれている。

「キレイね……私、また来ようかな」

大きなタオルで前を隠した香緒里が、見あげながら言う。

髪を後ろで結えた彼女は、先ほどよりも大人っぽい。

「えっ、俺と？」

「さあ、どうかしら」

香緒里はウフフと笑い、恥ずかしそうにしながら洗い場に行き、片膝をついてかけ湯をする。

（すげっ……）

桶からこぼれたお湯が、うなじから丸い肩や腰のくびれへと、むっちりした白い太ももから、大きくまろやかな尻へと伝い落ちる。

肌が濡れ、いっそう艶めいてくる。

張り出したヒップの大きさにも目を見張るが、やはり目がいくのは乳房だ。

あまりに大きすぎるおっぱいは、ゆたかな丸みのほとんどが、前で隠したタオルからハミ出てしまっている。

（すごい身体だな……）

三十歳の人妻の裸は、細いのにムチムチして肉感的だ。

まさに脂《あぶら》の乗った女盛りというところだろう。

成熟し切った身体を眺めていると、先ほど出したばかりなのに、前で隠したタオルを一気に持ちあげてしまう。

香緒里は湯をかけてから、最後にさっと股間を洗った。

（ああ、中にザーメンを出したんだった……香緒里さんの中にたっぷりと……）

不安とともに、妙な興奮を覚える。

だがそんなことよりも、二度目をしたくってたまらない。

「先に入るわね」

そう断って、香緒里はタオルを外して湯に浸かる。

聡も慌ててかけ湯をしてから、湯に身体を沈めた。

香緒里が身を寄せてくる。

すべすべの肌に触れただけで、完全に勃起した。

無色透明の湯に、乳房のふくらみも陰部の翳《かげ》りも透けて見えている。

「やだ、またエッチな目」

香緒里が身体をよじる。

「すみませんっ……でも、やっぱり香緒里さんって、魅力的で……」

「ウフフ、ありがと。よかったわ、ビデオになんか出なくて」

「そうですよ。俺が言うのもなんですけど、やっぱりその……よくないです。旦那さんに悪いし」

「違うわよ。だって、キミに逢えて満足したって言ってるのよ。よかった……すごく自信になったわ。私を見て、もうこんなになってるんだもんね」

肩に顔を乗せながら、香緒里は湯の中で屹立《きつりつ》をつかんできた。

「うっ……そ、そうですよ」

「ちょっと迫ってみようかな、私」

「旦那さんにですか」

「うん」

はっきり言われて、ちょっと寂しくなった。

旦那以外の勃起を握りながら、夫婦の話は勘弁してほしいな、と思う。

「あの、俺……」

「また逢ってくれる？」

上目遣いをされた。

ドキッとする。

「も、もちろんです」

言うと、ウフフと彼女が笑った。

だけど……。

その穏やかな笑みを見て、なんとなくもう逢えないような気もした。

いや、逢えても、もうこういう関係にはなれないような気がする。

「ねえ、もう一回する？」

香緒里がシゴキながら訊いてくる。

「え……い、いいんですか？」

「いいのよ。今日だけは……」

じっと目を覗き込まれた。

聡は震える手で、彼女の肩を抱く。

すると優しげな顔が、潤み切って色っぽく変わる。

濡れたうなじから、女の艶めかしい匂いが、お湯に包まれて漂ってくる。

湯船の中で静かに、香緒里の裸身を抱きしめた。

「ンン……ンフッ」

どちらからともなく、唇を重ねる。

今度は自分から唇のあわいに舌を差し込むと、香緒里も呼応して、ネチネチと舌をからめてきた。

「んんうっ……ンン……んふっ」

甘い呼気や唇の柔らかい感触がたまらない。

その間にも、ずっと右手で勃起をシゴかれている。

「んふっ……可愛いわね。また、おっぱい吸う？」

キスをほどいた香緒里が見つめてくる。

「は、はい」

香緒里が背を張ると、大きな乳輪が湯から現れる。

聡は上体を少し落として、湯に浮かぶ香緒里の乳房にむしゃぶりつく。

「ああんっ」

香緒里が幼子のような声を放って、のけぞった。

甘い声が、ますます興奮をいざなってくる。

湯が跳ねる中で、聡は張りのある大きな乳房を揉みしだきながら、ちゅぱっ、ちゅぱっ、と夢中で乳首をキツく吸い立てる。

湯で温まったおっぱいは、すべすべで乳肌が指に吸いついてくる。

乳首が硬くなってきた。

さらに舌で舐め転がしてやると、

「あんっ、やだ、くすぐったい……あああッ」

と、香緒里は女の声を漏らして、ビクッ、ビクッと震える。

表情を凝視すれば、もう欲しくてたまらない、という風にせつなそうに眉をたわめる香緒里がいる。

「いやだわ、なあに……私の顔、なんかついてる？　私の顔を見るたびに、オチンチンが震えるのってなにかしら」

香緒里の手は、まだ湯の中で屹立を握っている。

こすりながら、「ウフフ」と笑って訊いてくる。

「だって……エロいんです。香緒里さんの感じた顔」

「やだ、私、そんな顔してないわ」

「してますよ、ほら」

聡は湯の中に右手を潜らせて、香緒里の股の間にくぐらせると、

「あっ……！」

と、悲鳴をあげて香緒里が大きくのけぞる。

こぶりな陰唇に指を入れると、もうそこはぬるぬるだ。

「このぬるっとしたものって、お湯じゃないですよね」

中指でくいくいと中をかき混ぜながら、言うと、

「ああんっ……聡くんってば、エッチすぎよ、もうっ……くぅぅ！」

奥の天井をこすると、いよいよ香緒里は聡の耳元で、ハアハアと熱い吐息を漏らしはじめる。

「ああんっ、ああ……いじわるしないで……私だって、こんなにされたら欲しくなっちゃう……」

香緒里は一度、湯からざばっと立ちあがる。

どうするのかと見ていると、聡の肩に手を置いて、大胆にも跨《また》がってきた。

(う、うわっ……またがってきて……この体位って……)

したことないが、相手を抱っこする体位だ。

なんだっけ。

そうだ、対面座位だ。

香緒里は湯の中で胡座《あぐら》をかいている聡を跨いで、ゆっくりと腰を下ろしてくる。

「ウフフ……入れちゃうからね……」

上からとろんとした目で見つめつつ、握った手で勃起の角度を変えてくる。

鈴口が熱い潤みを穿《うが》ったと思ったら、そのままぬるぬると嵌《は》まり込んだ。

「あっ……ああぁんっ、硬い！」

香緒里が顎を跳ねあげる。

ぱちゃ、ぱちゃ、と湯が暴れて、湯煙が立つ。

ぬぷっ、と奥まで突き刺さると、

「あぁんっ……ああっ……」

と、香緒里はセクシーな声を放って、湯の中でギュッとしがみついてくる。

（くおおっ）

心がざわめいた。

対面座位は、愛し合っている恋人同士がする体位だと思ったからだ。それを香緒里は自分にしてきた。心を許している証拠だ。

たまらなくなって、聡は湯の中で腰を突きあげる。

「あああ……いやっ、いきなり、そんなっ……」

香緒里が上になったまま、いやいやする。

その泣き顔を下からじっくりと楽しみつつ、さらに腰を動かせば、

「あんっ、許してっ、いきなりなんて……ああっ、ああっ」

香緒里が眉を寄せ、潤んだ目をする。

熟れた人妻の蜜壺は狭く、突き動かすたびに媚肉がキュッとしまって、からみついてくる。

「あああん、だ、だめっ、そんなに、強くしちゃ、だめっ……わ、私が動かすから、ああんっ、そんなにグリグリしちゃ、だめぇっ」

香緒里も腰を動かしてきた。

目の前でたわわなバストが揺れ弾《はず》んでいる。

右手でつかみ、乳首をねろねろと吸い立てながら、香緒里の顔をのぞけば、視線が交錯し、

「あああ、ああっ、見ないでっ、顔を見ちゃいやっ……恥ずかしい、恥ずかしいのに……あぁあ……」

口ではそう言いながらも、腰がぐいぐいと前後に動いている。

(きっと、今日だけだよな……香緒里さんの感触、絶対に覚えておこう)

香緒里の匂いや味や、感触をすべて楽しもう。

聡は抱擁し、さらに突きあげる。

媚肉もうねうねと動き、搾り取るがごとく、ペニスを押し包んでくる。

「ああぁっ……イキそう……イッちゃう……」

と、香緒里がとろんとした双眸で見つめてくる。

こちらもギリギリだった。

射精に近づくときに生じる、甘い陶酔が身体を震わせる。

「ああ……俺、また、出そう」

言いながら、激しくピストンする。

「あんっ、あんっ……ああん、イクッ……いいわ、お願い、ちょうだい……あぁっ、出して……私の中にいっぱい……」

両手でギュッとされる。

聡も両手で香緒里をギュッとして、抱っこした。

たまらなかった。抱きしめながら突き入れたときだ。

「あぁっ……！　イッ、イクッ……！」

香緒里が叫ぶと同時に、膣が締まった。

絶頂に導いたという手応えが、膣肉の蠕動《ぜんどう》から伝わってきた。

香緒里を膝の上に乗せながら、射精の甘い刺激が訪れる。

（ああ……だめだ）

震えながら、聡は熱い樹液を人妻の中に注ぎ込んだ。

二度目とは思えぬほどの、迸《ほとばし》りだった。

抽送《ちゅうそう》がとまらない。しぶきながらも、下から腰を跳ねあげてしまう。

「ああんっ……イッたのに、もうイッたのに……そんなに熱いの注がれたら、私、あ

あんっ……ああん！」

すでに二度射精しているが、まだできそうだった。

今夜は香緒里を寝かしたくない。

くたくたになるまで、たっぷりと香緒里の身体を味わいつくしてやる。

2

（ここか）

地元駅のロータリーから少し歩いた路地裏に、その店はあった。

ガールズバー「オーロラ」は、先月オープンしたばかりだ。

聡が勤める広告会社の社長がここのグループオーナーと知り合いで、格安でチラシ

や販促ティッシュの制作を請け負っているのだが、その一環で新規オープンのチラシをつくることになったのだった。

今日は取材と撮影をし、それからすぐに会社に戻ってラフをつくり、明日にはデザイナーにまわさなければいけない。まったく面倒な仕事だ。

「すみませーん」

重いドアを開けて中に入る。

暗めの店内は、黒とゴールドを基調にして高級感を出そうとしていたが、いかにもな赤いソファや高いスツールが、昭和のスナックを思わせた。

というよりも、店名の「オーロラ」からして、すでに昭和である。

店内では、若い男たちがせわしなく働いていた。

奥から茶髪でピアスをした、いかにも水商売風の眼光の鋭い男が、聡を見つけてやってくる。

「ああ、わざわざどうも。駅から少し歩くんで、たいへんだったでしょう」

意外と物腰が柔らかいのが、逆に不気味だ。

この手の世界ではイキった若者より、こういった落ち着いた雰囲気の人間の方がやつかいだ。さすがに二年もこうした仕事をしていればわかる。

「いえ、大丈夫でした」

名刺を交換する。佐竹《さたけ》と書いてあった。

佐竹は目を細め、こちらの顔をじっと睨んだ。

「えーと、宮沢さんね。今日はよろしくお願いします」

佐竹は奥のテーブルに案内する。

「顔出しＯＫのヤツ、全員待機させてますから。おーい、アケミは来てたか」

佐竹が歩いているボーイに声をかける。

「今日は来てないっすね」

「マジかよ。ああ、すみません。入ったばかりの子がいてね。可愛いんだけど、どうも休みがちでねえ。まったく……映えるんだけどなあ」

佐竹はそう言うと、他の女の子たちを順々に呼んだ。

やって来たのは、胸元が開いた白いワイシャツに、ちょっと屈めばパンティがのぞけそうなほど短い、タイトなミニスカートを穿いた女の子たちだ。

「よろしくお願いしまーす」

みな愛想がよくて、甘い香水の匂いを放っている。

ルックスもそこそこだが、欠点はみな同じ顔に見えることか。

（しかし、スタイルはいいなあ……）

訊けばみな二十歳そこそこで、すらっとしている。

店の白い壁をバックに、ひとりひとりポーズを決めて撮影をする。といってもスマホに毛の生えたような安いデジカメだ。

四人目の撮影のときだ。

カメラを持って、二、三歩後ろに下がったとき、誰かにぶつかった。

「わっ……」

「キャッ……！」

そのままバランスを崩して、聡は倒れてしまう。

（いっつぅー、ん……？　おお……）

店の女の子も倒れ込んでいた。

タイトスカートがまくれて、肌色のパンティストッキングと、薄く透ける赤い布に包まれたヒップが目に飛び込んでくる。

（おおっ、赤いパンティなんて刺激的……小ぶりなお尻も可愛いな）

彼女はスカートの乱れを直すものの、どうもピンヒールを履き慣れていないらしく、立ちあがってもまた、転びそうになる。

「大丈夫ですか？」

慌てて肩を貸してやる。

「あ、ありがと……ピンヒールって、全然慣れないんだよねえ」

彼女がこちらを見た。

（おっ……これは……）

この店には珍しいショートヘアで、目がくりっとして可愛らしかった。

容姿は美少女アイドル風だが、金髪で化粧も派手だから、地元のギャルという雰囲気だ。

「あれえ。なんだアケミ、いたのかよ」

「店長、ごめーん。あはは、寝過ごしちゃった」

アケミと呼ばれた女の子が、大きく口を開けて笑う。

天真爛漫な雰囲気が凄くいい。

小柄でほっそりしているが、イマドキの子らしくおっぱいだけはかなりの成長具合である。もっともパットを入れたニセ乳かもしれないが。

「寝過ごしたって……まったくもう。すみません、宮沢さん。この子もついでに撮って……あれっ」

佐竹がこちらを向いて、ぎょっとした顔をした。

アケミという女の子も、「あっ」と口に手を当てている。

「えっ？」

聡は痛みのある自分の左手を見た。

床に突いた反動だったのか、小指があらぬ方向に曲がっていた。

「ぬわっ！」

自分でも引いた。

痛みよりも、自分の指の不自然さが気持ち悪くて卒倒しそうになる。

女の子たちがキャーキャー騒いでいる。

「きゅ、救急車っ！」

撮影どころではなくなってしまった。

3

次の日。

左手の小指は脱臼で、医者に行くとテーピングをぐるぐると巻かれた。

かなり腫れたし、痛みがひどかった。

ガールズバーの仕事は他の者が担当することになったので、今日は一日休むことにした。

それにしても天気がよい。

なので、指は痛むが外に出たくなった。

どこに行こうかと迷っていると、新台が入ったことを思い出して、結局パチンコ屋に行くことにした。

昼飯をすませてから出かけてみると、意外に混んでいたので、適当に空いた台に座って打ちはじめた。しかしどうにも引きがよくない。

ガマンして打っているうち、大当たりがきたが、それも一回だけであっという間に呑まれてしまい、時間も夕方近くになっていた。

(いい大人が、平日の昼からパチンコしてるから、バチが当たったかな)

次の台を物色しているときだった。

若い女の子が、ひとりで打っているのがふと目に入った。

昼間から若い女の子というのはあまり見かけないから、かなり目立つ。

しかもその子は薄手のTシャツに、パンティがのぞけそうなミニスカートという出で立ちで、金髪の短めヘアが小顔によく似合っていて、可愛い感じだ。

（ん？）

聡は訝《いぶか》しんで近づき、そっと背後から顔をうかがった。

（あ、あの子だっ）

昨日ぶつかったガールズバーの女の子だった。

台を見ると、大当たりしている。

女の子が、肩越しに振り向いて、「あっ」と声をあげる。

「あっ、昨日の……ちょうどよかった。ねえねえ、これ当たってるよね、どこ入れるの？」

あたふたしながら訊いてくる。

「ああ、これ、右打ち台だ」

「え、右打ち？　な、なんなのよぉ、右打ちって」

「右下のところに、玉を入れるところあるだろ」

「え、あ、ここ？」

彼女は素直に、右の口に玉が向かうように打っていく。

たちまち派手な音が鳴り、出玉があふれ出した。

「キャーッ！　すごいっ、こんなに出たの初めて。で、ど、どうするんだっけ」

無邪気に喜んでいる姿が可愛らしかった。

「ほらっ、レバー引いて」

ドル箱を置いてレバーを引いてやる。ザーッとパチンコ玉が落ちてくる。

「すごーい」

座りながらキャッキャッと身体を揺らすから、Tシャツの大きなふくらみが、上下にいやらしく揺れている。

(おおっ……)

左手をケガさせられた相手だが、なんとも憎めない女の子だった。

「ねえ、このままでいいの？」

「ああ。そのまま打っていて」

(おっ)

上からのぞいたら、Tシャツの襟《えり》ぐりには、おっぱいの谷間があった。

肌色どころか、白いブラジャーまでのぞけてしまっている。

結局、玉の交換の方式も知らないと言うので、教えてあげたら、お礼に飲みに行こうと誘われた。ラッキーだった。

荷物を取ってくるので待っていてくれと言われ、入り口付近のソファに座っていると、彼女が大きなバッグを担いで戻ってきて、隣に座った。

「ありがとう。お兄さんのおかげ。えーっと……」

「宮沢だよ。宮沢聡っていうんだ」

「えっ？　聡……？」

とたんに彼女は、考え込むように首をかしげた。

「さとし兄ちゃん……」

ポツリとつぶやいた女の子の言葉に、聡も反応した。

「……なんて言った、今」

「聡兄《さとにい》……私、明日花《あすか》」

「あすか……？」

まじまじと見た。

明日花は近づいてきて、上目遣いに見つめてくる。

猫みたいに甘える仕草にドキッとした。

「あっ！」

朧気《おぼろげ》な記憶がある。

小学生の頃に遊んだ、近所の女の子。たしか三崎《みさき》明日花という名前だ。

二十年近い歳月が過ぎていたため、ここまでまったく気がつかなかった。

「明日花！　ああ、明日花かよ」

「あはは、なつかしー」

「引っ越したんじゃなかったか？」

「うん。でも結婚して、地元に戻ってきた」

「そうかあ……え？」

「あはは。私、人妻なんだよね」

「まじか」

見た目はショートヘアの似合う美少女風だが、若いわりに身体つきが色っぽい気がした理由がようやくわかった。

「ちょっと待て。ガールズバーで働いてるのは旦那公認？」

「うん、知ってるよ。だって、旦那とはキャバクラで知り合ったんだもん」

「へええ……」

あっけらかんと言うところが、イマドキの子という気がする。

「聡兄は独身でしょ？　指輪してないし」

「そうだけど……ちなみにその……でっかい荷物は？」

明日花は「ああ、これ？」と荷物を指差した。

「私、絶賛家出中なの。今日で三日目。旦那とケンカしちゃってね。今朝まで友達の家にいたの」

「家出って……なんだよ、それ」

「だってえ、旦那の束縛がすごくてさ……大切にしてくれるのはさあ、ありがたいんだけど……そうだ。パチンコ教えてくれたお礼もかねて、今日、泊めてくれない？」

おかしな提案に、聡は噴き出した。

「なんでそれが礼なんだよ」

「いいじゃない。久しぶりに可愛い幼なじみと話すのも」

言われて、あらためて明日花の身体を盗み見る。

香緒里ほどではないが、おっぱいは大きかった。スレンダーで、スタイルも抜群だった。

(待て待て、明日花だぞ……)

昔は妹みたいな存在だった。

それが十何年ぶりに再会してみれば、エロ可愛く成長していて複雑な心境だ。

「あはは、なあに、その顔。目のやり場に困る？」

明日花がイタズラっぽい笑みをする。

盗み見が完全にバレていた。

「あほか、そんな格好してたら……」

「別に見せてあげてもいいんだけどなあ……」

「み、見るかよ」

と言いつつ、顔が赤くなってしまう。

(こりゃ、完全に遊ばれてるな)

落ち着け、落ち着け、と心の中で自分を諌《いさ》める。

相手は二十四歳の人妻。しかも、妹のような存在だ。

だが正直言うと、むらむらとこみあげてくるものがある。それに断ると、おかしな男のところへでも行ってしまいそうだ。

結局、聡は了解してしまうのだった。

4

「おじゃましまーす」

スニーカーを脱いで、明日花が家にあがってきた。

「あれっ、男ひとりなのに、キレイにしてるね」

明日花は部屋の中を物珍しそうに眺める。

ベッドにテーブルとテレビと、特に目新しいものはない。

「ふーん、真面目な仕事の本ばかりじゃない」

明日花が屈んで本棚を眺めた。

（おうっ）

聡は思わず視線をとめた。

ミニスカートの裾が短すぎて、白いパンティがチラッと見えたのだ。

（くうう……たまらんっ）

ヒップはキュートに盛りあがっていて、折れそうなほど華奢《きゃしゃ》な腰まわりは、やはり若いわりに妙に色気がある。

（旦那とヤリまくっているとか、かな……）

そんなことを考えたら、股間がムズムズとしてきてしまった。

（い、いかん……）

心の中で自戒していると、明日花がくるっとこちらを向いた。

「ねえ、使ってないシーツとかある？　それに頑丈な紐《ひも》」

「は？　シーツはあるけど、紐なんかあるかなあ」

探したら洗濯用のロープがあった。それを渡すと、明日花は手慣れた手つきで部屋の真ん中にロープを張り、そこに二枚のシーツをかけた。

部屋の中央に大きな目隠しの壁ができる。

「ベッドのある方は聡兄ね。私、こっちでいいや。寝袋があるから」

明日花があっけらかんと言う。

（な、慣れてるな……）

男の家にもあがってるんじゃないよな、と心配になる。

仕切りの準備をした明日花が、バッグから着替えを出して訊いてきた。

「あのさ、先にシャワーを借りていい？　汗かいちゃって……」

（え……）

顔がニヤけそうになる。明日花がニヤッとする。

「興奮しちゃう？　私の裸を想像して」

「ば、ばか。するかよ。こっちにあるからさ」

ドアを開ける。

洗面所兼脱衣所に使っていて、その横の磨りガラスがバスルームだ。

「ありがとー」

明日花を置いて、ドアを閉める。

そして、はあっ、と思い切りため息をついた。

ショートヘアの金髪が似合うギャルだが可愛いらしく、スタイルはバツグン。そして、軽そうでヤレそうな気が……。

（いや、考えるな）

夕食の準備をしようと、テーブルの上を片づける。

帰りのコンビニで買った惣菜を袋から出して、皿に盛りつけるとそれなりに見栄えがいい。

そして箸《はし》を置き、ウーロン茶を用意したところで、ふいに洗面所のドアが開き、明日花が顔を出した。

すでにTシャツを脱いでいて、ほっそりした肩に白いブラ線が見えている。

「バスタオル忘れちゃった。貸してくれない？」

「いいよ。横の棚に入ってるから」

「出しておいてよぉ」

甘えるような声を出し、明日花がドアを閉める。

（……なんか新婚生活みたいだな……）

この甘い雰囲気を味わえただけで、ありがたいと思えてきた。

「入るぞ」

ドアをノックするも、向こうから返事はない。

そっと開けると、シャワーの音がした。

（聞こえてなかったな）

と、バスルームの磨りガラスを凝視すれば、ぼんやりと明日花の裸体が動いていた。

（くううっ……）

おっぱいのふくらみや、ヒップのカーブもぼんやり見える。

ところどころ白っぽいのは、ボディソープの泡だろう。

明日花は泡立てた手で、うなじのあたりをこすっている。そこから下に手を持っていき、乳房の下からすくうように撫でていた。

そのときだ。

磨りガラスの向こうの明日花が、ハッとしたようにこっちを向いた。

（まずい……）

「こ、ここにバスタオル置いたからー」

取り繕《つくろ》うように言うと、

「サンキュー」

と、明日花はなにごともなかったように返してきたので、ホッとした。

しばらくして、明日花がバスルームから出てきた。

すっぴんのくせに、ほとんど変わりがないのに驚いた。そういえば、子どもの頃から可愛らしかった気がする。

それよりも、ドキッとしたのは明日花の風呂あがりの格好だった。

ブラトップ一枚だから、白い胸の谷間が完全にこちらを誘っている。

やはりおっぱいは大きかった。

いや、大きいというよりも、身体のラインが細すぎて、おっぱいが大きく見えてしまうのだ。いわゆるスレンダー巨乳だ。グラビアアイドルのような男好きするグラマー体形であった。

「おなかすいたー。おっ、おいしそー」

明日花がテーブルの向かいに座り、箸を取る。

缶ビールを渡すと、

「じゃあ、カンパーイ」

と、缶を合わせてきて、すぐにごくごくと飲んだ。

「あーっ、美味《おい》しいっ……やっぱりいいね、ビール。久しぶりに飲んだら……くぅーっ、五臓六腑に染み渡る」

「古いこと言うなあ」

「そお？　私、おばあちゃんに育てられたからかなあ。結構古風なんだよね、これでも」

明日花がしみじみ言いながら、缶ビールを呷《あお》る。

そして一缶を空けてしまうと、続けざまにテーブルの上にあった二本目に手を伸ばした。

おいおいと一応とめたのだが、明日花は「くーっ」と声を絞り出して、ゴクゴクと喉を鳴らす。

どうやらけっこう飲んべえらしい。

と、思ったのだが、意外に早く酔った姿を見せてきた。

大きくてぱっちりした目が、とろんとしている。

「おい、眠そうだぞ」

話している途中で言うと、明日花は笑った。

「久しぶりに飲んだからかなぁ……なんか眠い……」

目の下はねっとり赤らみ、ぷっくりした唇も艶《つや》を増している。

童顔で高校生みたいな顔立ちでも、アルコールが入ると、とたんにくだけてきて人妻の色香が匂ってくる。

（い、いかんぞ……）

妹に欲情する兄の心境だ。

聡がそんな葛藤をしていると、

「寝る。おやすみー」

と、真ん中のシーツを開けてくぐり、ベッド側の方に行ってしまった。

（おいおい……寝袋で寝るんじゃなかったのかよ）

おそるおそるシーツを開けてみれば、明日花は早くもすうすうと可愛い寝息を立てて眠ってしまっていた。

ショートパンツに包まれた尻が、なんともそそる。

（くうう……明日花じゃなかったら、ヤリたかったなあ……）

聡は後ろ髪を引かれながらも、風呂に入り、テーブルを片づけてから客用の布団を敷き、天井の明かりを豆電球にしてもぐり込んだ。

明日花の甘い匂いが、なぜか布団の中でやたらに感じて、即座に勃起した。

目をつむると、磨りガラス越しの明日花の裸体が思い出される。

（いい身体してたよなあ……）

Tシャツにマイクロミニスカも刺激的だったが、ブラトップにショーパンというのもセクシーだった。

（いかん……一回抜こう）

横になったまま、ティッシュに手を伸ばす。

まあ起きないだろうと決めつけて、ジャージの下とパンツを脱ぐ。屹立が飛び出した。右手でその勃起を握りつつ、明日花のスレンダーな裸体を思い描き、シゴきはじめたそのときだった。

「あはは、そんな風にするんだ」

ぼんやりした薄暗闇の中、明日花が目隠しのシーツを開けてこちらを見ていた。

「なっ……！」

聡は慌てて、パンツとジャージの下を引きあげる。

ガチガチになった勃起は当然おさまらず、大きいままに先端が、パンツの上端からのぞいてしまっている。

「私がいる横で抜くなんて、聡兄って大胆なのね。もしかして、私の裸、想像しちゃったのかなあ」

見事に当てられてギクッとした。

「そ、そんなわけないだろう」

「ふーん、そうなんだ」

そう言いつつ、明日花がシーツをめくってこちらに来た。

明日花が上からのしかかってきた。

（えっ？　おおうっ……）

若妻の柔らかな肢体に、息がとまるほど興奮した。

小柄で細身のはずなのに、押しつけられたバストのボリュームのすさまじさに、聡は色めき立つ。

「おい、おまえ……ちょっと酔ってるだろ。大丈夫か？」

ぼんやりした明かりの中でも、明日花の目が据《す》わっているのがわかる。

「私……ヤバいかも……お酒飲んだからかなあ、すごくシタくなってる……お酒飲むとヤリたくなるんだった。忘れてた」

「ヤリたくなるって……ええ……う、うむっ」

あっ、と思ったときには、キスされていた。

「……ぅんんっ……んふ……」

薄目を開ければ、可愛らしい童顔の若妻がうっとり目を閉じて、唇を押しつけている。

柔らかい唇とアルコールを含んだ甘い吐息、ムンムンと漂う色香……。

明日花が聡の腰に手をまわしてきた。

聡も同じように両手を背に差し入れて、小柄な肉体を抱きしめつつ、もうガマンできないと、夢中で舌を入れた。

「んっ！　ンンッ……」

明日花は一瞬ビクッとしたものの、拒まなかった。

それどころか、自分からも舌をからめてきて、ネチャネチャとツバの音をさせながら、より甘美なディープキスをしかけてくる。

（ああ……口の中、甘い……）

聡は猛烈に勃起して、明日花のショーパン越しの股間に、それをぐいぐいと押しつける。

するとと彼女はキスをやめ、

「ンフッ……エッチ。ねえ、私……シテみたいことあるの」

「は？」

間の抜けた声が出た。

明日花が大きな瞳で見つめてくる。

「SMっぽいやつ。あるでしょう、そういうプレイ」

「はあ？　いや、あるけど」

いきなりのきわどいプレイの要求に、聡はとまどった。

「なんでいきなりそんなこと……」

「だってえ、なかなか頼めないじゃない？　こんなチャンスじゃないと」

「チャンスって……どうやるんだよ」

「ちょっと乱暴にしてみるとか……あ、痛いのはナシね」

「やったことないけど」

聡は部屋にあった箪笥《たんす》を開けて、ネクタイを取り出した。

「とりあえず、縛《しば》ってみる？」

「え……？」

明日花の瞳が潤んだ。

縛られることを想像して、瞳を濡らしたことに間違いない。

（ま、まじか……）

マゾ的な興奮に駆られた若妻の目つきは、ゾクッとするほどエロティックだった。

聡もそういった類《たぐ》いのＡＶは嫌いではないので、昂ぶった。

好きにしていいというなら、いろいろ楽しんでやろうじゃないかという気になってくる。

震える手で、明日花を後ろ手に縛った。

「どうだ？」

「うーん」

布団にぺたんと座った明日花は、難しい顔をして、背中にまわされた不自由な両手を動かそうともがく。

「外れない。けっこう強く縛ったのね」

生意気なギャル妻が、怯えた表情を見せている。

その表情に、聡は燃えた。

後ろ手に縛られた女性がもがく様は、なんて扇情的なんだろう。

征服欲を煽るのもあるが、縛られて、胸を突き出す格好になるからエロさが増すのだ。

「ねえ、もう少し、ゆるくしても……あっ！」

明日花が思わず声を漏らした。

後ろからブラトップのふくらみを鷲づかみし、やわやわと揉んでやったのだ。

「やっ……ちょっと……いきなりっ……」

明日花が顔を赤らめるのが、ほのかな明かりの中でもわかった。

「あれ？　もう悦んじゃうんだ」

そう言って煽ると、明日花は肩越しにジロッと睨んでくる。

「痛いだけよ。へえ、聡兄って、意外とそういうことするんだ……」

「だって、好きなようにしていいんだよな」

背後から、胸のふくらみをさらに強く揉んだ。

「やんっ」

明日花が、いやいやと顔を横に振りたくる。

その拍子にショートヘアから、ふあっと風呂あがりの甘い匂いが立ちのぼる。噎《む》せ返るほど濃厚だ。昂ぶりが増す。

「感じてるじゃん」

「いやっ、言わなくていいからっ」

明日花が反抗してくる。

(これは燃えるな……)

後ろ手に縛った明日花を、布団に押し倒す。

ブラトップをズリ下げると、ぶわんと揺れるナマおっぱいがあらわになる。

(おおっ、すげえ……)

細身の身体に、乳房だけが明らかに大きすぎる。

しかも透き通るようなピンクの乳首がツンと上を向いて、威張ったように存在感を出している。これはかなり美乳だ。

「やだもう……エッチな目。聡兄っておっぱい初めてなの?」

「キレイなおっぱいだなあって思ってさ。でも、なんか先っぽが硬くなりはじめてないか？」

「なっ……そんなわけないでしょ」

明日花は恥じらい、後ろ手に縛られた身体をよじった。

どうやら明日花は経験値がけっこうあるらしい。まあ人妻なんだから当然だろうけど。

そして、どうやら聡はそれほど経験がないだろうと、こちらを見くびっている。

自分がイニシアチブを取りたいと思っているらしい。

(生意気な……こっちはちょっと前と違うんだからな)

香緒里がいろいろ教えてくれたから、以前よりは自信がある。

明日花の顔を見ながら、聡は乳首に口を寄せて、ちゅぱちゅぱと吸い、そして口に含んでねちっこく舌で転がしてやる。

「んっ……やっ……」

明日花がくすぐったそうに身をよじる。

(香緒里さんといっぱいヤッておいてよかった……)

人によるのだろうけど、おっぱいは意外と強めにやっても大丈夫だとわかっていた。

音を立てて乳首を吸引し、さらに甘噛みした。

「ンンンッ！」

明日花は眉根をつらそうに寄せて、ビクッ、ビクッと震えている。

息づかいが荒くなって、小顔を横に振り立てる。

「尖《とが》ってきたぞ、乳首が」

「聡兄のくせにっ……イ、イジワルねっ……」

明日花が唇をゆがめた。

もっと悦ばせたいと執拗に乳首を舌で舐め転がしていると、明日花の表情が変わってきた。

吐息を連続で漏らすようになり、目の下がねっとり赤らんでくる。

「フフ、やっぱ、もう感じてるじゃないかよ」

言うと、明日花はキッと睨んでくる。

「ハア……ハア……違うもん」

明日花の生意気さが、ますます加虐心を煽ってくる。聡の中でますますいじめたい欲求が高まってきた。

右手を下ろしていき、明日花の太ももを撫でた。

まさぐると、ムッチリとした若妻の太ももの感触が直《じか》に手のひらに伝わってくる。

強引に強く揉みつつ、聡はショートパンツのボタンを外した。続いてファスナーを下ろして、ショートパンツを脱がしてやる。

（おおっ……）

上部に小さなリボンのついた、可愛らしいパンティだった。

まだこういうパンティを穿く年齢なのだ。生意気でも幼くて、それが妖《あや》しい興奮を募ってくる。

思い切って、明日花のパンティの中に手を滑り込ませる。

恥毛が驚くほど薄く、すぐに肉の土手に指先が触れる。スリットに指がかかると、小さく、クチュと音がした。

「あっ……んんっ……」

明日花が小さく吐息を漏らす。可愛いと思うと同時に、いやらしかった。

「おいおい、もう濡れてるぞ」

「多分、手を縛ったからじゃない？　聡兄の愛撫のせいじゃないよ」

瞳を潤ませ、まだそんな強がりを言う。

「おまえなー。素直になれよ」

ますます追いつめたくなり、強引に明日花のパンティを下ろした。

い。

「あ、いやっ」

真っ赤になった明日花は後ろ手に縛られたまま、激しく身をよじる。

だが、おまんこを丸出しにされても、拘束された若妻には、どうすることもできない。

(……なんてエロい下半身なんだよ)

ムッチリした太ももと、下腹部は意外なほどボリュームがあり、若くとも人妻らしい充実ぶりだ。

しかし脚を開かせると、処女かと思うほど陰部が幼さをのぞかせている。スリットが小ぶりで、膣の肉ビラがキレイな桃色なのだ。

太ももやお尻のボリュームは大人の女なのに、おまんこは少女のようだ。

「なんかすごいな……キレイというか、すれてないというか……」

「あん、もう……いやっ……まじまじと見ないでよっ」

ようやく明日花が羞恥の顔をする。

ここは一気にいきたいと、濡れたワレ目を指でこすれば明日花は、

「んっ、あっ……」

と、のけぞりながら甘い声をもらし、ぼうっとした女の表情を見せてきた。

（やばい……色っぽいじゃないか……）

さらにしつこくなぞると、ぬるっ、ぬるっと、おびただしい量の粘液が中指にまとわりついてくる。

「くうう……ううっ、し、しつこいよっ」

明日花が震えながら、声を漏らす。

「感じてるんだろ。素直になれって」

もう一度、ワレ目の下部を中指で探る。

小さな孔《あな》があった。

指を折り曲げて力を込めると、ぬぷぷと音を立てつつ、しとどに漏れた膣の中に嵌まり込んでいく。

「やっ、ん……」

明日花はとたんに顔を真っ赤にし、ギュッと目をつむって顔をそむける。

同時に進入した指の根元を、膣がキュッと食いしめてきた。

（おおう……すごい具合がよさそうじゃないか……）

中は熱く、そして異様なほど狭かった。

聡がネチャ、ネチャと音をさせて、狭い肉路をかき混ぜていくと、

「あ……ん……」

幼なじみの若妻は白い喉元をさらし、細い眉をいっそうたわめて目を閉じ、長い睫《まつ》毛《げ》を震わせはじめる。

(えーと、たしかこうだよな……)

聡は入れた指を膣内で鉤《かぎ》状に曲げて、思い切り奥の天井をこすりあげた。

「ンッ……！」

明日花がビクッとして、背中をのけぞらせる。

「気持ちいいんだろ」

クックッと笑うと、明日花がジロッと大きな目で睨んでくる。

「ま、まあね……聡兄の指、ちょっと気持ちいいかも」

(お……？)

少し素直になってきた。

5

(可愛いじゃないかよ……)

膣の奥をこするたび、明日花は反応して腰を揺らす。

口惜しいのか、明日花はまた赤ら顔で睨んでくる。

「そんなに睨むなよ」

「だって……だって……」

明日花は戸惑っている。

おそらくだが、やはり子どもの頃に遊んだ兄のような存在に、すべてをさらけ出すのが恥ずかしいのだ。

(そんな気持ちがなくなるほど、燃えさせたい)

よし、と気合いを入れて、両手を後ろ手縛りしたままの明日花の裸体を抱き、くるりとうつぶせにさせる。

そうして腰を持ち、ぐいとこちらに引いて、お尻を大きく突き出させる。

明日花は両手が使えないから、こめかみを布団につけて、ヒップを掲げるなんとも恥ずかしい格好になった。

「い、いやっ」

さすがの明日花も、悲鳴をあげた。

陰部も尻穴も丸見えの恥辱スタイルなのだから、たえられないのも当然だろう。

聡はヒップをがっしりつかむと、尻奥に指を潜らせ、しつこくぬかるみを指で抜き差しする。

「あっ、やんっ……こんな格好でっ……そんなこと……」

明日花が恥じらいの声を漏らす。

さらに指でいじくれば、クチュ、クチュ、という膣からあふれる蜜の音が、いっそう大きくなって、

「あっん……んっ、んっ……はあっ、あっ……」

明日花がいよいよ大きな尻を震わせ、気持ちよさそうな喘ぎ声を漏らしはじめる。

「いいんだろ？」

聡は中指を立て、膣の奥のざらざらした部分をこねあげる。

「あっ、あっ、あっ……アアッ……」

明日花はもう生意気な返答もできず、ただ「だめっ、だめっ」と繰り返して、身をよじらせるだけだ。

そうした恥辱スタイルで、指を出し入れして愛撫していると、明日花は後ろ手を振りほどこうとしはじめる。

いよいよ、縛られているのがじれったくなってきたのだろう。

両手を拘束されるという不自由さが、明日花を追いつめてきているようだった。

（もしかして……こいつ、指だけでアクメするんじゃ……いや、させてみたい）

どうやら奥がいいらしい。

聡は中指を目一杯伸ばし、Ｇスポット部分を、ざらっ、ざらっと指の腹でこすりあげてやる。

「ひぃぃっ」

とうとう明日花は声を裏返らせて、ヒップをぶるぶると震わせる。

「どうだ、まいったするか？」

聡は膣奥をえぐりながら、明日花を見る。

涙目だ。

「……ばか」

もう生意気さはとうに失って、女の切実な表情だ。

聡はしかし手を休めない。

しばらくネチャネチャと、音を立てて愛撫していると、

「あんっ……やばいかも」

「なにが？」

さらにえぐりながら訊くと、明日花はヒップを揺らし、

「やばいって……あんっ……やだっ……あんっ、イッちゃいそう……」

明日花が「助けて」という風に、濡れた目で見つめてきた。これまでの生意気そうな素振りとはうってかわって、いじらしさにあふれている。

猛烈に昂ぶり、聡はさらに激しく指をストロークさせる。

「い、いやあああ！　そんなにしないで。ね、や、優しくして……イッちゃうってば……んっ……あぁっ……はっ、ん……！」

いよいよ腰がうねり、膣奥から蜜があふれてくる。

挿入した指をもう離さないとばかりに、キュッと締めてくる。

「聡兄……イク……」

その言葉をつむいだ直後、明日花のヒップがブルッと震える。

「ああ……んっ！」

ブラトップだけが腰に巻きついたほぼ全裸で、明日花は尻を大きくあげたまま、せつなげに叫んでぐったりした。

6

「ねえ……私とエッチしたい？」

縛《いまし》められていた両手をさすりながら、甘える声で明日花が言う。

「……いいのかよ」

「だって、聡兄のオチンチン、そのままじゃつらいんでしょ。手とかでしてあげるくらいじゃ、ガマンできないでしょ」

「……そっちがガマンできないんじゃないのか」

明日花は図星というように、エヘヘと照れた。

「ゴム、ないよね」

「……いや、あるぞ」

たしかあったはずだと箪笥の奥をあさってみたら、案の定出てきた。

五年ものコンドームである。

(使用期限とか大丈夫だよな……)

ゴムを片手に振り返ると、明日花がブラトップを脱いで全裸になっていた。

ほんのりとした明かりの中でも、その柔らかそうな丸味を帯びたラインがわかる。

肩甲骨が艶めかしく盛りあがる、美しい背中。

そこから急激に細くなる腰つき。

背後からでも、張り出し具合がわかるほどの、ゆたかな乳房。

桃のような、プリッとしたお尻。

(くうう……こんなにグラマーに育つなんてなあ……)

感慨深く見ていると、明日花が不安そうな目を向けてきた。

「ゴムのつけかた、大丈夫だよね」

ムッとした。

「……大丈夫だよ」

(まったくこいつは……おおっ)

明日花が自分から布団の上で寝そべって、仰向けになる。

恥ずかしそうに顔をそむけている。それはそうだろう。兄みたいに思っていた相手と身体を交わすのだ。

でも、明日花の目は潤んでいる。

男に貫かれたい、という欲望が、その表情に見え隠れしている。

（ああ、たまらない……ヤリたいっ）

聡の中で熱い思いがますますふくれあがる。

明日花の両脚を広げさせて、ゴムをはめた勃起を右手でつかみ、正常位で濡れそぼる媚肉に押し当てる。

「いきなり奥までとかやめてね、聡兄の大きいんだから」

「……そうなのか？」

訊くと、明日花はバツが悪そうな顔をする。

旦那のものと比べたのが丸わかりだ。

そうか、香緒里だけでなく明日花も大きいと思うのか。自信を漲《みなぎ》らせながらぐっと押し込むと、亀頭がぬるっと呑み込まれた。

「あ、あうんっ……」

明日花が顎を跳ねあげ、大きく背をしならせた。

のけぞったまま、つらそうにギュッと目を閉じて、眉間にシワを寄せた苦悶の表情で、ハアッ、ハアッと喘いでいる。

「あん、これ……やっぱり大きい……ねえ、優しくして」

目を開けた明日花が、震える声で訴えてきた。

言われたとおり、できるだけゆっくり腰を入れる。

果肉の中は予想以上に狭い。

それに肉の襞がなんだか細かいような気がする。メチャクチャ気持ちいい。

（これ、名器なんじゃないか？）

ミミズ千匹とか言われる女性器は、うねうねがすごいって聞いたことがある。

（そこまでじゃないかもしれないけど、でもすごくいいぞ）

ググッと入れる。

「あっ……奥まで、くるっ」

明日花が顔をしかめつつ、両腕を首に軽く巻きつけてくる。

「た、たまんねえ……なあ、動いても？」

「う、うん……ゆっくりね」

言われなくてもこの狭さはゆっくりでないとだめだと、そっと腰を出し入れする。

「んんっ……んっ……んっ……あんっ、やだっ、ホントに大きいっ」

明日花が泣きそうな顔を見せる。

子どもの頃に遊んだ幼なじみとひとつになって、こうやって身体を貪り合っている。

そのイケナイ気持ちが、奇妙な高揚感と背徳感をもたらしてくる。

「き、気持ちいいよ、明日花のなかっ……とろとろで締まりがよくて、うねうねして……」

少しだけ抽送を速くする。

「あっ……んんっ……んっ……んっ……」

蜜がたっぷりあふれてきて、ぬぷぬぷと音が立つ。

さらに滑りがよくなって、チンポをこする愉悦が増していく。

「うう、聡兄っ……き、気持ち……」

余裕なさそうに明日花が喘いだ。

ギュッとしてくる手に力が込められる。本当は「気持ちいい」と言いたいだろうに、いまだガマンして言わないのが可愛い。

それでも言わせたくなった。

両脚をさらに大きく広げさせ、角度を変えて腰を押しつける。

陰毛がからまるほど密着しつつ、こちらからも背に手をまわして、抱きしめる。

「んっ！　それ……」

明日花が、聡の胸に顔をつけたまま鋭く叫んだ。

「これ、どうだ？」

言うと、明日花は口惜しそうな顔をしたが、すぐにとろけ切った表情になって、小さく頷いた。

「……いい……すごくいい……ギュッとされながら奥突かれるの、好きかも……」

素直になったギャル妻が愛《いと》おしすぎた。

さらに突いた。

「あ……あんっ、聡兄っ……深くてっ……ああんっ……そ、そこ好きっ」

もう気持ちを隠すことなく、明日花は甘い声を漏らし、いよいよ自分から腰を押しつけてきた。

「おうう……い、いいぞ、明日花っ」

「わ、私も……あっ、んっ……はあんっ……」

「声、可愛いな、おまえ」

もっと聞かせてほしくて、ギュッとしながら腰を穿つ。

「ンンッ……やっ、もう……だって、奥に届くんだもん……あっ、そこ……あっ……あっ……ッ……ああンッ」

耳元で鼓膜をくすぐるような、甘い声がこぼれ落ちる。

顔を見れば、せつなげに眉根を寄せている表情が、成熟した女の色香をにじませていた。幼いけれどやっぱり女だ。

もっと長く入れていたいと思ったが、気持ちよすぎてしまった。

もう持たないと、くびれた腰をがっちり持って、聡は腰を振りはじめる。

「あっ、だめっ……いきなりそんなっ……もうだめ……イ、イキそっ……」

明日花は困惑した声をあげて、腰をくねらせた。

甘くて、生臭い匂いが強くなっていく。

穿つたび、明日花の腰は淫らに動き、熱い潤みが結合部からこぼれ出す。

こちらもガマンできなくなってきた。

それでも必死に唇を嚙みしめ、さらに深く腰を埋めていく。

「うぅんっ……ああっ、ああっ、ああっ……」

恥ずかしそうに顔を振る明日花が、なんとも可愛らしかった。

聡は腰を振りつつ、目の前で揺れる大きな乳房を口でとらえ、その先端をチューッと吸いあげて、舌でねろねろと舐めあげる。

「ああっ、ああっ、あああああっ……き、きてる……きちゃう……」

「イキそうか？」

明日花は涙目で、シーツを握りながらこくこくと頷いた。

よし、と思ってさらに前傾姿勢で腰を振る。

「あんっ……あんっ、気持ちいいっ、聡兄のオチンチン、気持ちいいよぉ……」

「くうう……なあ、もう家にちゃんと帰れよ」

張りつめたチンポの限界を感じつつ、聡は言った。

「エッチしながら……あんっ、言う言葉じゃないでしょう……あんっ、聡兄……イクッ、イクッ」

明日花が顎をそらし、背を弓のようにしならせる。

「帰るんだぞ。男のところになんか泊まるなよッ」

聡は息を切らしながらも、必死に訴える。

「わ、わかったから……今、言わないでッ……なにも考えられないんだってば……聡兄のオチンチンでイクこと以外、なにも……あんっ、あんっ」

可愛いギャル妻の頭の中が、自分とのセックスの快感でいっぱいになっている。

「……あんっ、もう無理っ……聡兄は？　射精しそう？」

明日花がすがる目で見つめてくる。こちらも限界だった。

「ああ、こっちも出そうだっ」

「あんっ……一緒に、一緒にいこっ……あっ、あっ……」

明日花の表情が、いよいよ切迫してきた。

その美貌をのぞき込みながら腰を使ううち、射精欲がこみあげてくる。

「あ、明日花っ、出そうだっ」

「あ……あっ……ああんっ……私も……またイクッ、イッちゃうううう！」

明日花が大きくのけぞり、ぶるぶるっと震え出した。

同時に膣がしぼられる。もう限界だった。

「ああっ、で、出るッ……」

とめることなんて、できなかった。

熱い白濁液を、ゴムの中に注ぎ出す。

「やんっ、熱い……ゴム越しでもわかるっ……すごい出てるっ……こんなにたくさんっ……明日花が気持ちよかったのね」

「ああ……気持ちよかったよ」

素直に言うと、明日花はからかうこともなく、静かに唇を寄せてきた。

第三章　熟れ妻マッサージ嬢

1

朝五時になってようやく解放され、聡は帰路についた。

徹マンである。麻雀は嫌いではないからいいのだが、このところ頻繁に続いているからへろへろだ。

（ふああ……眠い）

あくびしながら、自宅マンションのエントランスを通ったときだ。

（あれ……）

ゴミの集積所にいたのは、同じ階に住んでいる奥さんだった。

名前は、神崎《かんざき》有紀《ゆき》。回覧板を持っていくと話しかけてくれる、気さくな奥さんである。

有紀はエプロン姿に膝丈のプリーツスカートという、いかにもちょっと外に出ただけという出で立ちだが、美人で身なりも上品だから生活くささがなかった。

年齢的には、聡よりずいぶん上だろう。

三十代後半ぐらいだと思う。

整った目鼻立ちの純和風な顔立ちで、昭和の女優めいた雰囲気がある。

瞳が大きくて目力があり、華《はな》やかな印象を受ける。口元の小さなホクロが、色っぽさに拍車をかけている。

和風の顔立ちに似つかわしくなく、スタイルはふるいつきたくなるほど肉感的で、巨乳というところもいい。

エプロンをしていても隠しきれないグラマーさで、動くたびにゆっさゆっさと揺れている。

挨拶しようと近づいたときだ。

置いた生ゴミの袋がほどけて、彼女がしゃがんだ。

（あっ！）

蹲踞《そんきょ》のような姿勢になり、スカートがズレて太ももが見えた。

それだけではない。

人妻の股間を覆う白い下着が、一瞬だけだが目に飛び込んできた。

(奥さんのパンティ……)

無造作に脚を開くようながさつな人ではないと思うが、朝早いから誰もいないと油断したのだろう。

(なんか最近ツイてるな……)

淑《しと》やかな熟女の下着は、やけに生々しくエロかった。

もう二度と拝めないだろうと思うと、徹マンしてよかったとすら思える。

「あら、おはようございます。土曜日なのに、早いですね」

声をかけようと思ったら、向こうからかけられた。

普段と違って、パンティを見てからなのでドキドキしてしまう。熟女パンチラの威力は途方もない。

「お、おはようございます。いえ……実は仕事で徹夜して……」

徹マンとは言えないから、取り繕う。

「まあ、大変ね」

有紀は柔和な笑顔を浮かべながら、労《いたわ》ってくれる。

「いやあ、人がいないですから」

「そうなの？　でも、忙しいのはいいことですよ」

彼女はニコッと笑って頭を下げる。

セミロングの艶髪が揺れて、ふわっと甘い匂いが鼻をくすぐる。

(癒《い》やされるよな、この奥さん)

エレベーターに乗り込もうとする有紀の後ろ姿を見つめた。

歩くたび悩ましい尻の丸みが、スカートに浮いて、ぷりぷりと左右に揺れている。

今にもはち切れんばかりの凄まじい量感だ。

(すごいお尻だな……人妻の色香がムンムンに漂っている)

蜂のように大きく盛りあがる尻のムチムチ具合に、聡は朝っぱらから欲情してしまうのだった。


休み明けの月曜日から、ずっとキャバクラ巡りである。

といっても、自分の安月給で行くのではなく、あくまで仕事である。

チェーン店のホームページをリニューアルしたいと言われ、聡は朝から打ち合わせに出かけて今日も三店をまわった。

最後の店は隣の市にあった。地元のX市から車で三十分である。終わったのは、昼の三時すぎだった。

今日は他に急ぎの仕事もないので、ゆっくりと遅い昼飯でも食べようかと、風俗街から出て駐車場のクルマに戻ろうとしたときだ。

（あれ？）

路地に入った女性があの美人奥さんの有紀に似ていたので、聡もついつい路地に入ってみた。

その女性は狭い道を真っ直ぐに歩いていく。

白いブラウスにベージュのスカートという地味な格好で、後ろ姿は間違いなくあの奥さんだ。尻の大きさを覚えている。

（ヘルスとかキャバクラしかない界隈だぞ）

女性は雑居ビルに入り、エレベーターで登っていく。

回数表示を見ていたら、五階で停まった。

五階にはなにがあるんだろうと、一度表に出てみて看板を見る。

トロピカルな派手な看板に、メンズエステ店と書いてある。

一応「風俗店ではありません」と書かれているが、オプションで抜きのサービスもある、グレーな店舗であることはすぐにわかった。

（まさかなあ……こんなところに、あの清楚な奥さんはいないよなあ……）

だが他人の空似でも、美人なのは間違いない。

指名できれば十分に楽しめるだろうと思い、五階にあがってみる。

エレベーターの扉が開くと、すぐ前に入り口があった。

インターホンを押すと、茶髪の従業員がドアを開けてくれた。

「いらっしゃいませ。おひとりですか？」

「ええ」

「当店、初めてですよね」

初めてだと言うと、待合室につれていかれて簡単な説明を受けた。

通常マッサージに、アロマ、洗体コース。

アロママッサージにすることにした。

六十分一万五千円でもけっこう高い。と思ったら、渡された三枚の写真の女性はどれもレベルが高かった。もしかすると、三島の人気店なのかもしれない。

（あれ……？）

一枚が、やはりあの奥さんに似ていた。

ちょっと若いが、和風の細面《ほそおもて》はそっくりだ。

「えーと、この……アヤさんで」

「アヤさんですね。お兄さん、ついてますよ。今入ったばっかりだから」

最後に風俗店ではないと、念を押された。

ヌキはなしということだ。

とはいえ、これが建前なのは知っている。

マッサージでキワドイところまでモミモミし、男がその気になったらマッサージ嬢が「実は……」と切り出して、追加料金でヌイてやるのがメンズエステの定番だ。

店員が行ってしまってから、五分くらいで女性が現れた。

「ご指名ありがとうございます……あっ」

マッサージ嬢は、聡の顔を見て、大きな目を見開いた。

やはり、あの奥さん……神崎有紀だった。

「どうして宮沢さんがここに……私がいること、知ってたんですか？」

「い、いや……偶然です」

聡は狼狽えた。

ブラジャーがバッチリと透けている白のブラウスに、パンティが見えそうな、黒のタイトミニスカートという格好だった。

品のある美人奥さんが浅ましく脚をのぞかせている。絶対に脚なんか出さなそうな人のミニスカートというのはエロすぎるし、ブラ越しの巨乳も素敵だ。

「偶然なんて、うそです。X市からずいぶん離れているでしょう、ここ」

「ホントですって……俺、風俗店のチラシやホームページをつくっているんですよ。ここ」

さっきまで近くのキャバクラにいたんですから」

偶然なのは間違いない。概《おおむ》ね、うそは言ってないと思う。聡は続けた。

「時間があるから、ちょっと寄ってみようかと思ったたら……奥さんに似た人の写真が出てきて……まさかと思ったんですが」

有紀はしばらく考えていたが、

「わかりました……じゃあ、こちらにいらして」

と、険しい顔をして待合室から出る。

ドアの並んでいる通路の、最奥のドアを開けた。

二畳程度の小さい部屋にシングルの布団が敷いてある。

清潔そうなバスタオルが敷いてあり、枕もバスタオルで覆われている。

有紀は顔を赤らめて、もじもじしはじめた。顔見知りにいやらしいマッサージをするのは抵抗があるのだろう。

聡は思い切って言った。

「あの、奥さん……もしよかったら、普通のマッサージをしてもらえませんか」

意外だったのだろう。

「え？」

有紀がびっくりした表情をした。

聡は頭をかく。

「いや……その、そういう店なのはわかってますし、奥さんのような美人にやってもらうのはうれしいんです。だけど、近所の者にするのはいやだって気持ちもわかります」

そこまで話すと、有紀は安堵した顔をする。

聡は続けた。

「でも、なにもしないのもお互い気まずいというか、俺もお金を払ったんで……だから、普通のマッサージくらいはしてもらいたいなあって」

「ごめんなさいね」

有紀は心底すまなそうな顔をした。

できることなら紙パンツ一丁で、ぬるぬるのエロマッサージを受けたかった。

「客なんだから、お願いしますよ」と言ってみることも考えた。

が、そこまでドライにはなれなかった。

「じゃあ、どうぞ。上着を脱いでうつぶせになってください」

聡はジャケットを脱ぎ、ワイシャツとズボンという格好になる。

「失礼します」

うつ伏せになった横で有紀が正座した。

脚からマッサージをはじめる。

指はしなやかでほっそりとしているが、しっかりと体重が乗っていていい感じだ。

さすがプロだなあと思ったが、これほどうまいなら普通のマッサージ店で働くか、なんなら女性向けのエステでもやればいいのに、とも思う。

(はあ、気持ちいいな……)

枕に顔を押しつけているのがつらくなってきて、顔だけ横に向けたときだ。

(や、やばっ)

聡は慌てて目をそらす。

スカートが短すぎて、魅惑のデルタゾーンがばっちりと見えていたのだ。

パンティはド派手なショッキングピンクだった。

店側に言われているのだろう。淑やかで上品な熟女と、ミニスカと派手な下着というアンバランスさが無性にエロく、息がつまるほど興奮してしまう。

(見えてるの、気づいてるよな……)

普通はハンカチなどでパンチラ防止するのではないだろうか？

それすら、しないってことは……。

(下着が見えてもいいということか？　いや、わざとじゃないか)

それが普段のサービスと言えばそれまでだが、やはり顔見知りにパンティを見せるのは恥ずかしいのではないか？

ちらっと有紀の顔をうかがう。

平静を装っているが、頬がバラ色に染まっている。

マッサージをしながら、顔が赤く火照《ほて》っていくようだ。

(やっぱりわかっているんだ。パンティが見えていること……)

思わず唾を呑み込んだ。

着物の似合いそうな美熟女が、パンティをさらしながらマッサージをしている。

さらに薄いブラウスから透けるピンクのブラもエロい。

思わず勃起した。

「痛くありませんか？」

ふいに、有紀が優しく訊いてきた。

「い、いえ……」

「よかったわ。でもだいぶ張ってますね。腰や背中もすごく硬くて……」

有紀の手が背中を押してきた。

膝が開いて、先ほどよりもはっきりと下着がのぞける。

太ももの付け根に、ピンクの布が食い込んでいた。

（た、たまらない……）

有紀が脚を動かせば股布がわずかによじれ、汗ばんだ太ももの付け根に、ちょろっと短い恥毛がハミ出ているのまでわかる。

ふいに視線が合って、有紀は恥ずかしそうに目を伏せる。

（やば……スカートの奥、ガン見してるの、バレたよな）

あまりに気まずいので、気をそらそうと聡は口を開いた。

「あ、あの……どうしてこのお仕事を？」

風俗の女性に訊いたらウザがられる質問だ。

それでも、訊いておきたかった。野次馬根性ってやつだ。

有紀はしばらく無言で手を動かしていたが、やがて話しはじめた。

「主人が……勤めている会社でリストラに……労組に入っていたので、目をつけられてしまったんです。だから私が仕事に出ようって……」

金銭的な問題だったのか。訊いた自分に引け目を感じる。

有紀が続ける。

「パートでもよかったんですが、収入があまり……昼間でもう少し時給のいいものとなると……でも風俗店はいやだったので、このマッサージが私のギリギリのラインだったんです。主人にバレないように昼間にそれなりに稼ぐ仕事となると、これしか……」

「な、なるほど……」

「私ももう少し若ければ……もうすぐ四十のおばさんなんて、働くところもなかなか……」

有紀は寂しそうに笑った。

湿っぽい話にしてしまったが、それほど落ち込んでいなくてホッとする。

2

「あの……やっぱり、オイルマッサージしましょうか？」

「え？」

聡は身体を起こして、肩越しに振り向いた。

有紀が部屋のすみにあった籠《かご》から、バスタオルを取り出してきた。

タオルの上には、キレイに折り畳まれた紙パンツが乗っている。

「シャワーを浴びて、これに穿き替えてください」

「い、いいんですか？」

見つめると、有紀は小さく頷いた。

「だって……正規のお金を払われたんですもの。普通のマッサージだけというのはやっぱり悪いわ。それに、その……私でいいんですよね」

「も、もちろんです。それはもちろん」

もしかしたら、この店で働いている経緯を話して、すっきりしたのかもしれない。

それか聡があまりにエロい目で見ていたから、かわいそうに思ったのだろうか。

いずれにせよ心変わりは大歓迎だった。

「じゃあ、シャワー室に案内しますね」

有紀に続いて部屋を出る。

通路に出た瞬間、有紀がさりげなく腕をからめてきた。

ブラウス越しの巨乳が、右腕に押しつけられている。まるでカップルのように歩いて、シャワー室の前に来た。

「さっきの部屋、わかりますよね」

そう言って彼女は戻っていく。

聡はもどかしい気持ちを抑えながらシャワー室に入ると、特に陰部を入念に洗い、紙パンツにバスタオルという恥ずかしい格好で部屋に戻った。

「じゃあ、今度は仰向けになってもらえます？」

「は、はい」

バスタオルの敷かれた布団に仰向けになる。

今度は恥ずかしかった。ほぼ全裸で、性器を隠しているのは頼りない紙パンツ一枚だけなのである。

寝ていると、有紀が慣れた手つきでオイルをかき混ぜながら訊いてきた。

「今まで化粧品などで、アレルギーとかありました？」

「いえ、特に」

「そうですか。これ、身体に優しい成分ですからね」

温かいオイルをまぶした有紀の手が、ふくらはぎから太ももを撫でてくる。

いや撫でるというよりも、たまっている血を押し出すように、ゆっくりと手で揉みほぐしてきた。

(これは気持ちいいな)

「リンパマッサージです。老廃物の流れをよくして、新陳代謝をうながすんですよ」

「なるほど……くうッ」

聡は軽くのけぞった。

有紀の手が、鼠径部《そけい》部までできたからだ。

「くすぐったいですよね。太ももの内側に、リンパが集中してるんです」

両手で撫であげるように、ぬるぬるした手が何度も会陰《えいん》に触れる。

(おふっ……た、たまらない)

正統派の美人であり、体つきもエロい三十代後半の人妻。

そんな魅力的な熟女に太ももを撫でられるだけでも興奮するのだが、鼠径部のキワドイ部分を触られて、じっとなどしていられなくなってきた。

「うっ……くう……」

(まるで焦《じ》らしプレイじゃないかよ……)

聡は腰を浮かし、ぶるぶると身悶える。

ハアハアと息を荒らげながら、首だけを有紀に向ける。

ミニのタイトスカートは完全にめくれ、ピンクのパンティがあらわになっている。

それを見たらもうガマンし切れなくなった。

紙パンツがかさかさ音を立てるほど、急激に怒張が勢いを増した。

(マズい……)

恥ずかしくなって、聡は股間を手で覆う。

そうしながら、有紀と目が合った。

「す、すみません……」

照れ笑いすると、有紀はマッサージしながらウフフと微笑んだ。

「いいんですよ。気にしないで。それに私も……なにもないより、そうなってくれるのは、うれしいんですから」

有紀の手が、紙パンツの中に忍び込んでくる。

尻の間から股間を通って、睾丸の裏の方をさすってくる。

（え？　マジ？）

ゾクッとした痺れが走り「くうう」と呻きながら、有紀を見る。

「大丈夫ですか？」

有紀が不安げに訊いてくる。

「だ、大丈夫です……すごく気持ちよくて」

聡は笑いかけようとして、顔が強張った。

くすぐったいような、気持ちのいいような、なんとも形容しがたい複雑な感覚が下腹部に宿っている。

（これ……オプションじゃないのかな……）

正規料金ではしてもらえないサービスまで、やってもらっている気がする。

だが有紀は何も言わず、尻の割れ目から裏筋までを入念にナデナデしてくれる。もう少しで指がアヌスまで届きそうでヒヤッとする。

「くううう、た、たまりません」

思わず唸ると有紀は、

「ウフッ……ガマンしなくていいのよ。もっと気持ちよくなって……」

と甘い声をかけてくれた。

なんだか口調もくだけたものになってきて、すごく親密感を覚える。

(さ、最高だ)

有紀がさらにローションをたっぷりつけて、紙パンツに手を入れて、睾丸を直接撫でまわしてきた。

「……くうっ！」

聡は目を見開いた。

有紀の手がぬるぬるして温かく、それが優しく敏感な部分を刺激してくるのだからたまらない。

「ああ……奥さん……」

聡は切実な目を有紀に向ける。

「ウフフ、つらそうね。じゃあ小さくするの、手伝ってあげるわね」

微笑を浮かべながら、有紀が紙パンツに手をかけて引き下ろす。

思った以上の勃《た》ちっぷりだった。

恥ずかしくなって隠そうとするが、有紀はその手をつかんで脇にやり、再びローションをつけて竿を握り込んでくる。

「うわあっ……」

最初はソフトで、さわっ、さわっ、というタッチだったのが、次第にしっかり握り込み、肉エラの飛び出た部位にも指を這わせてくる。

「あっ、うう……」

聡が身をよじると、

「ウフッ、敏感なんですね」

と、有紀は笑みを漏らしつつ、あふれるカウパー液をヌルヌルと亀頭部分に塗り込んできた。同時に左手で会陰や鼠径部をマッサージすることも忘れない。

くすぐったさが腰に宿り、聡は顔を振って大きく喘いだ。

「ウフフ、反応がすごいわね」

言われて恥ずかしくなった。

だが、それでも人妻の手の動きが気持ちよすぎて翻弄《ほんろう》されてしまう。

(な、なんでこんなにうまいんだよ……)

プロなんだからうまいのは当たり前なのだが、清楚な和風美人の有紀が、こんな風にいやらしく責めてくるのが信じられない。

(近所で見てきた淑やかな雰囲気とは裏腹に、けっこう好き者なのかもな……)

そんなことを思いつつ、気持ちよさにうっとりしていると、ローションまみれの指で鈴口を刺激された。

「くうっ……」

思わず腰をよじらすと、

「痛かった？」

優しい声で訊いてくる。

「いえ、いきなりそこは……もう出ちゃいそうで……」

「ウフッ、じゃあ、ここは最後にするわね」

有紀は勃起を握る手を左手に変え、右手で聡の乳首をいじってきた。

「お、おお……」

指でつままれて、くりっ、くりっと転がされる。

すると、ぞくぞくとした痺れが下腹部へと流れていき、さらに股間をビクビクさせてしまう。

「ウフフ、やっぱり感じやすいのね。もう乳首が硬くなってきたわ」

有紀が可愛らしく言って、大きな目を向けてくる。

うっとりした目と口元のほくろが相俟《あいま》って、いつもの清楚な雰囲気はなりをひそめてエロく見える。閉め切った部屋は空調が効いているが、有紀は少し汗ばみはじめていて、その汗の匂いも悩ましい。

有紀がまた目を細めて、今度は手首を返して、包み込むように勃起を撫でてきた。

「くおお……」

聡は思わず叫んで、腰を震わせる。

その拍子に自分の手が、彼女の太ももに当たってしまった。

有紀はそれにはかまわずに、淫乱マッサージを続ける。

(えっ、触ってもいいの？)

聡は手を伸ばし、ためしに正座している有紀のスカートの尻をそおっと撫でる。

「あんっ……エッチね。お尻を触ったら、ビクビクしてきたわ……やっぱり若いのね。二十代なんでしょう？」

「二十八です」

「私よりも十も年下なのね。あんっ、大きい」

有紀はうれしそうに言いつつ、シゴく手をいよいよ早めてくる。

「くうう……も、もう……」

出そうだった。

それならば……と、聡は有紀の太ももの間に手を滑り込ませる。

「あんっ……エッチだわ……」

だが咎めることはない。

妖しげな眼差《まなざ》しで見つめてきて、ハアッと色っぽくため息をつく。

「ホントはいけないのよ……」

有紀は言うと、正座した脚をゆっくりと左右に開いていく。

(えっ？　おおう)

ショッキングピンクのパンティが丸出しになる。つるつるしたナイロンの素材まではっきりとわかる。

聡は手を伸ばし、クロッチに触れる。

布越しに柔らかな肉を感じる。

「あっ……ンンッ……」

有紀が手をとめ、うわずった声を漏らす。

パンティの股布を押し込むように指を上下させると、湿り気のある布がスリットに沿って沈み込んでいく。

「んっ……ああっ……ウフッ、いじりっこするのね。いいわよ」

有紀が目を細めてから、前傾して乳首を舐めてきた。

「くぅぅ……」

腰を震わせながらも、聡は負けじと手を伸ばし、有紀のパンティの横から指を差し入れる。

そこはもう熱くぬかるんでいて、湿地の奥から蜜があふれてくる。

シミ出た粘液が、聡の指をぐっしょりと濡らしていく。

「あんっ……いやだわっ……恥ずかしい」

「パンティの替え、ありますよね」

聡は本気で心配した。

だが、有紀はその言葉が煽《あお》りだと思ったようで、キッと睨みつけてくる。

「いじわるね……」

いよいよ有紀は射精させにかかってきた。

両手で勃起を包み込むようにして、強くシゴいてくる。

「お、おお……」

もうたえられなくなってきた。

「ウフフ、出してもいいわよ」

有紀は近くにあったティッシュから何枚か抜き出して、聡の肉竿の先端にあてがった。

「出したくなったら、出してね」

有紀はチンポの先端をティッシュで軽く拭《ぬぐ》うと、亀頭を大きく咥《くわ》え込んできた。

「くうっ！　ううう、うわっ……うそっ……」

もうギリギリだったのに、まさかのフェラチオで完全に決壊した。彼女の口の中が気持ちよすぎてガマンできない。

「くうう、で、出ますッ」

「むふぅっ」

有紀が咥えたまま、にこっと微笑んだ。

(えっ……)

てっきり口を離して、ティッシュに射精させるのかと思った。

しかし有紀は聡の腰に手をまわし、強く吸引してきたのである。

「くうううううッ」

もうこらえ切れなかった。

魂を抜かれるような衝撃に、頭の中が真っ白になる。

「ああっ……有紀さんっ」

思わず名を呼びつつ、腰を浮かす。

足先が震え、腰が強張った。

次の瞬間、ふわっとした放出感が全身を貫いた。

「んう……」

有紀が咥えながら、少しつらそうに眉をひそめた。

（ああ……ご近所の奥さんの口に……）

人妻の口に精を放つ罪悪感が頭をよぎる。

しかし、もうこの昂《たか》ぶりの前にはどうもできなかった。

身体がとろけていくような快楽に、腰が勝手に突きあがって震えている。

ようやく射精が終わると、有紀が勃起から口を離す。

そして次の瞬間、コクン、コクンと細い喉を鳴らしていく。

（うそ……飲んだのか）

わずかに口端に白濁液がハミ出ていた。有紀はそれを手の甲で拭うと、優しくニコッと微笑みかけてくれた。

「ウフッ、あら……そろそろ時間かしら。シャワー室に行きましょうね」

有紀は出したばかりのペニスを、丁寧にティッシュで拭ってくれる。

わずかに有紀の口から精の臭みが漂ってくる。

まさかの展開に聡は呆《ほう》けるばかりだ。急かされてのろのろと立ちあがり、一緒にシャワー室に向かうのだった。

3

三日後の日曜日の夕方。

クルマに乗って買い物に出ようとすると、駐車場で有紀に呼びとめられた。

あのマッサージ店での一件から見かけていなかった。

だから、三日ぶりに彼女の顔を拝めただけで、カアッと顔が熱くなってしまう。

「よかったわ……ちょうどお出かけになるのを見かけて。少しだけお時間をいただけないかしら」

「え……は、はい」

特に急ぎの用ではないから、聡は頷いた。

なにせあんなことがあったので、もうこれから先ずっと無視されることも覚悟していた。

「ええっと、どこに行きましょうか……」

「あんまり人がいないところがいいです」

有紀が真顔で言う。深刻そうだ。

「そ、それじゃ……あっ、よかったら乗りますか？」

取りあえず訊いてみた。

彼女は少し戸惑ってから、言った。

「よろしいんですか？」

「ええ、急ぎの買い物じゃないし」

言うと、有紀は助手席にまわった。

聡のクルマは軽自動車のワゴンタイプだから、運転席と助手席はほぼくっついている。いざ並んで座ると距離が近くてドキドキする。

「えーと……港の方に行きましょうか。海浜公園の先なら日曜日は人が来ないから」

聡がそう提案すると、有紀はこくりとうなずいたので、クルマをスタートさせた。

運転しながら、ちらりと助手席の有紀に視線をやる。

今日は肩までのふわりとした黒髪を下ろしていて、いかにも上品な奥様という雰囲気だった。

白いサマーニットにベージュの膝丈スカート姿。シートベルトを斜めに食い込ませているので、いつもよりおっぱいの存在感が強調されている。

(あれ?)

妙だった。

しだいに、有紀の不自然さが気になってきた。

彼女は話があるというのに、ずっと窓の外を眺めているばかりだ。まったく話す素振りはない。

それだけではなく、聡が彼女の下半身に目をやると、くっついていたはずの膝が広がっているのが目に入った。

(え……?)

ちょうど赤信号だ。ちらちらと有紀に視線を送る。

やはりだ。

有紀の脚が広がっていて、スカートの内側が見えている。

ストッキングは穿いていない。熟女のナマ太もものきわどいところまで見え、聡は思わず唾を呑み込んだ。

（な、なんだ……どういうことなんだ？）

もしかして、わざと覗かせているんじゃないか？

そういえば、マッサージをしているときもパンティを見せてきていた。

（まさかな……）

クルマを走らせる。

有紀がようやく口を開いた。

「あのこと、夫には黙っていてほしいの」

「え？　もちろんですよ。は、話しませんよ」

ハンドルを握りながら、聡は当然だという風に答える。

「よかった。主人にバレたら、当たり前だけど、即離婚だと思う」

だが膝は開いたままだ。

恥ずかしそうに目を伏せつつ、頬がピンクに上気している。口元のほくろが、いつもよりエロく感じる。

（これは……もしかしたら誘惑してきてるんじゃないのか？）

前から思っていたのだが、ただ金がよいというだけで、あんなキワドイことをする女性はなかなかいない。

つまり有紀は男に奉仕するのが好きなのか、それか、欲求不満ではないだろうかと、思っていたのだった。

「あ、あの……奥さん」

思い切って、左手を有紀の太ももに置く。

彼女はビクッとしたが、それをいやがることもなく、

「わ、私……その……」

と、潤んだ瞳を向けてくる。

これ以上は言わせることはない。ふたりは大人なのだ。

聡は手を引っ込める。

運転しながらでも、人妻のスカートの奥をまさぐりたかったが、さすがに危なくてできなかった。

(そ、そうだ……)

「奥さん。スカートを……スカートをめくってください」

言ってしまった。

有紀は戸惑った顔をする。

「い、今？　クルマの中でなんて……外の人に見えてしまうわ」

ちょうどクルマが再び交差点で停車した。

有紀がうつむいて唇を嚙んでいる。

「見たいんです」

言うと、有紀はギュッと膝に置いた手を握りしめてから、おずおずと両手でスカートをまくりあげていく。

（うおっ……）

有紀がフレアスカートを太ももの付け根までたくしあげる。太ももの間に、白いデルタが覗けた。今日の下着は白らしい。

有紀の顔を見る。

いやがっているかと思いきや、目がうるうると輝いている。

（この奥さん、見られるのが好きなんだな……）

走っている車の中でスカートをまくるなど、隣の車から覗けてしまうし、ましてやバイクと併走してしまったら、もろ見えだ。

しかも地元である。誰がいるかわからない。

聡はクルマを慎重に発進させた。

「ああ……」

有紀がハアハアと息を乱してくる。

狭い車内でふたりの関係が濃密になったような気がする。ますます興奮してきて、もっといじめたくなってしまう。

「次は、自分で、いじってみてください」

命令しながら横目で一瞥《いちべつ》すると、有紀が大きな目を見開いていた。

「そ、そんなことできるわけないわ……」

「大丈夫です。走っていれば見えませんから。停まったときはやめればいいんですから」

有紀がいやいやしている。

「で、できませんっ……」

彼女はスカートをにぎったまま震えていた。

だが、やがて大きなため息をついてから、有紀はおもむろに自らのスカートの中に手を入れ、同時にシートベルトで強調された胸のふくらみを揉みはじめた。

(おおおおっ……)

ハンドルを持つ手が震えそうになる。

今、狭い車内で、隣の人妻がオナニーをしている。三十代後半の麗《うるわ》しい熟女の自慰行為だ。

猛烈に興奮して、股間が痛くなってきた。

また信号でクルマが停まる。

「ぁあぁ……いやっ……」

有紀がうつむいて、スカートの奥の手をとめた。

「お願いです、続けてください」

強く言うと、有紀は再びパンティの基底部を指でこすりはじめた。

「あっ……あっ……い、いやっ……」

顔を横に振りながらではあるものの、パンティをいじる指の動きと、乳房を揉む手の動きが、ねちっこいものに変わっていく。

「あっ……んっ……んっ……あぁあぁ……」

有紀の声が、いよいよ悩ましいものに変わっていく。

公園に着くと、駐車場の奥にクルマを停めた。

あたりは薄暗くなってきて、人もない。

いきなり有紀の右手が、ズボン越しのこわばりを握ってきた。

「クルマの中であんな破廉恥《はれんち》なことをさせるなんて……」

どちらからともなく顔を寄せ、唇を重ねる。

「んんう……んうう……」

すぐに人妻の舌が、聡の口の中に入り込んでくる。

(ああ、近所の美人な奥さんと……キス……)

夢心地のまま、彼女のシートベルトを外して、ニットをめくりあげ、白いブラの上からたわわなおっぱいを揉みしだく。

「んっ……」

口づけしながら、有紀がビクッと震えて身体を強張らせる。

だが乳房を揉んでいくうち、有紀の身体の力が抜けていき、甘い鼻声が広がっていく。

「ああ……奥さんっ……」

キスを外して、見つめる。

「有紀って呼んで」

言いながら、有紀がまた唇を重ねてくる。

「うぅぅんっ……ううん」

舌をからめながら、今度は背中から尻を手でさする。

大きなおっぱいもいいが、熟女はやはりこの尻だ。

すさまじい量感だった。スカート越しにぐいぐいと指を食い込ませると、柔らかいのに弾力がある、その揉み心地に陶然となる。

「たまりませんよ……有紀さん」

キスをほどいて、尻を撫でながら言う。

「私もよ。もうガマンできなくなってきてるの……」

有紀の手が、肉棒の形や太さをたしかめるように、聡のズボンの上から股間をさすってくる。

「あんっ……すごいっ……硬い」

有紀の呼吸が激しくなり、指づかいにも熱がこもってくる。

聡もこらえ切れなくなって、右手を伸ばす。

スカートがまくれ、あらわになったパンティの底に指を当てると、

「んっ……あっ……」

有紀の顔がせりあがって、勃起をさすっていた手の動きがとまった。

ゆるゆるとクロッチを撫でると、そこはもう湿っていて、やわらかく指が沈み込ん

でいく。

「ああんっ……ンンッ」

助手席のシートで有紀は身体をよじり、目を閉じて、くぐもったいやらしい声を漏らしはじめる。

（くうう、たまらん）

もっと大胆にしたくなり、聡はいったんクルマから出た。

外から助手席側にまわり、有紀の座る助手席をリクライニングで倒し、さらにシートを一番奥まで移動させる。

そして、シートの足下に聡は無理矢理に身体を滑り込ませる。クルマのダッシュボードを背にして有紀のパンティを脱がし、パンプスを足から抜き取った。

「あっ……ああっ……」

脚を開かせると、人妻は羞恥の声をあげる。

股間の草むらはかなり濃い。スリットのふちは蘇芳《すおう》色ながら、内部がピンク色のキレイな果肉を見せていて、しかもぬらついている。

「あんっ……濡れているでしょう？」

「ええ。いやらしい匂いがしますよ」

いく。

有紀の羞恥に赤く染まった顔を眺めつつ、聡は蜜にまみれたワレ目に指を這わせて
聡は狭い車内で不自由な体勢のまま、中指を有紀の膣穴にぬぷりと差し込んだ。

「あっ……！」

ひときわ大きい声を漏らし、有紀がのけぞった。

膣内はぐちょぐちょにぬかるんでいて、ひどく熱い。

「もう、こんなに濡らして……」

もっと可愛がりたいと聡は指を抜き、身体を丸めて股間に顔を埋めた。

「く、くうっ……！」

有紀が顔を跳ねあげて、シートを揺らす。

聡は夢中で亀裂にしゃぶりつく。

見あげると、和風美人がハアハアと息を乱して、顔をくしゃくしゃにしている。そ
れを眺めながら、舌を淫裂の奥まで差し込み、ねろねろと舐めてやる。

「ああっ……ああんッ」

匂い立つ獣じみた芳香にうっとりしながら、ぴちゃぴちゃと音を立てるほど、舌を

動かすと、有紀が脚をひくひくさせ、太ももでギュッと頭をしめつけてきた。

（やっぱり、欲求不満なんだな……）

圧迫を受けながらもさらに舐めると、締めつけることすらできなくなったのか、美熟女の脚が浅ましく広がっていく。

聡は有紀の脚を持ちあげて、大きく広げさせる。外からは丸見えだ。

「あんっ……いやぁぁっ！」

人妻は恥じらい抗うものの、奥からしとどに蜜をあふれさせてくる。

「見られているかもしれないってのが興奮するんですね。太ももまでぐっしょりですよ、有紀さん」

「あン、だって……」

「ほら……外から丸見えですよ。有紀さんが脚を広げて、おまんこを見せつけているところ……」

「そ、そんな……ああんっ、ひどいっ……」

いやいやしながらも、有紀の下腹部がせりあがってきた。もっと舐めてとばかりに迫ってくる。

聡は夢中になって、女性器の縁から中身まで、ねろり、ねろりと舐めまわす。

「はああんっ」

有紀の官能の声はさらに甘ったるいものになり、両手が聡の髪をくしゃくしゃにかきまわしてきた。

聡は舌を横揺れさせて、激しく中を刺激してやる。

すると、有紀は「ひいい」と悲鳴をあげつつ、

「ク、クリ……クリを舐めてっ」

と、淫らに叫んできた。

いよいよ上品な奥様が本性をさらけ出してきた。

聡は言われたとおりに、小さな豆を舌でつつき、さらに舌の腹で押しつけるように捏《こ》ねまわす。

「ああッ……いいっ、いいわっ……すごくいいっ」

相当に感じているのだろう。

腰がビクッ、ビクッと震えている。

さらに唇を窄《すぼ》め、クリトリスを吸いあげると、

「い、いや……だめっ……アアンッ……だめっ……お願いっ、もうだめっ」

イキそうになったのか、聡の顔を両手でつかんできた。

「お、お願いっ……もう、もう……」

有紀の双眸はもう泣きそうなほどに潤み切っている。

このますぐにでも挿入したかったが、車内で正常位は無理だろう。

「有紀さん……上になってもらえますか？」

無理矢理に位置を入れ替え、聡が助手席で仰向けに寝そべる。

有紀は聡のズボンとパンツをもどかしそうに下ろすと、自分はスカートをまくって、聡の上で蹲踞の姿勢をとった。

「外から全部凝視できますよ、有紀さんのはしたない姿が」

「ああんっ、いいの……もういいのっ……」

なりふりかまわずといった様子で、有紀は勃起をつかんで、みずからのとば口に押し当てる。

そのまま腰をゆっくり落としてきた。

肉竿が、温かな潤みに呑み込まれていく。

「あっ、あああんっ」

腰を落とし切り、有紀がのけぞった。

聡は大きなヒップをかかえるようにして、下から腰を突きあげる。

「あんっ……ああんっ、たまんないっ」

狭い車内での騎乗位だ。有紀の頭が天井につかないように、聡は両手で有紀を抱いて前傾させる。

すると、それで当たり具合が変わったのか、

「おおうっ、すごい……有紀さんのおまんこ、エロすぎますっ」

「あんっ、言わないでっ、そんなこと言わないでっ」

恥じらいの声をあげながら、有紀がさかんに腰を動かしてくる。

「おお……」

キュッ、キュッと根元を締める膣の動きもたまらなかったが、なによりも丸々と張りつめた尻の弾力が気持ちよすぎた。

有紀は尻が大きいから安定感がいい。騎乗位でもバランスよく突きあげられる。

「た、たまらないですっ」

聡は呻きながら、パンパン、パンパンと乾いた音を立てて腰を上下に動かし、激しく下から有紀を穿《うが》つ。

背の高いワゴン車でよかったと、聡はおかしなことを思いながらも、初めてのカーセックスに没頭する。

誰かがやってきたらまずい。

いや、もうこっそりと誰かが覗いているかもしれない。それこそ、有紀の知り合いが見ていたら、たいへんなことになる。

それでもこのスリルと興奮には抗えない。

聡はますます夢中になり、クルマが揺れるほど有紀の子宮に突き入れた。

「ああ！　いやっ、いやあああッ！」

有紀はもう乱れ切っている。

聡はもうなにも考えず、尻をがっちりとつかみ、ぐいぐいと男根を抜き差しした。

射精したい。

ただそれだけの欲求で突きまくる。

「ああんっ、だめっ……だめよぉっ……イ、イクッ……イキそぉ……」

上に乗った有紀が、キュッと眉根をひそめて見つめてくる。

「俺も、くぅぅっ……イ、イキそうです」

「い、いいわっ、大丈夫だから……飲んできたから」

飲んできたというのは、避妊薬だろう。

ということは、もう最初からセックスしようという気持ちがあったのだ。

（この奥さんっ……エロすぎだろ）

聡は淫らすぎる人妻と会えたことに感謝しながら、さらに大きく腰を動かした。

「イッ、イクッ……イクイクッ……はぅぅぅ！」

有紀は獣のような悲鳴をあげ、ビクンビクンと聡の上で痙攣する。

「くううっ、ゆ、有紀さんっ」

叫びながら、聡は膣奥に向かって精液を放出する。

気持ちよすぎて腰がひりついた。

聡は震えながらも美しい熟女の中に、たっぷりと注ぎ込んでいくのだった。

第四章　バニーガール女上司

1

（あー、アホなことをしてしまった……）

聡は携帯電話を持ちながら、今朝から何度もため息をついていた。

今日は地元パチンコ店のオープンイベントの仕事なのだが、呼んでいたはずの女性タレントが集合時間になっても姿を見せないのだ。

彼女のメールアドレスは聞いていたが、うっかり電話番号を訊くのを忘れてしまったのはまずかった。

所属事務所のほうも連絡がつかず、八方塞がりだ。

（まいったな……）

控え室に行くと、今日のメインの男性タレントが、

「いいっすよ。僕ひとりでも」

と言ってくれたのだが、正直ちょっと華がない。

ほぼ男性客が占めるパチンコ店では、女性タレントがちょっとセクシーなことをしたりするのが、集客の鍵だ。

ましてや来るはずだった女の子は、地下ライブを定期的にやっていて、それなりにファンも多い。

（どうしようか……）

ホールの玄関から外に出る。

彼女の事務所に何度目かの電話をかけ、つながらなくていらいらしているときだった。

上司の浜岡麻美《はまおかあさみ》がふいに姿を現した。

「課長っ」

驚いた。

営業部課長の麻美は、滅多に現場に来ないからだ。

「宮沢くん。まだその女の子、来ないの？」

「いや、それが……」

電話番号を聞くのを忘れたと正直に話すと、麻美の表情が厳しいものになる。

「それは困ったわねえ。誰か代わりはいないの？」

「代わりと言われても……」

聡は言われて、じっと麻美を見つめた。

「なに？」

「いや、浜岡さんが出るのはどうかと……」

そこまで言って、麻美にじろりと睨まれた。

「冗談を言ってる場合じゃないでしょう？　とにかくなんでもいいから、連絡取るのを続けなさい」

聡は言われて、ふたたび事務所に電話しながら麻美を見た。

（いや、冗談じゃなくて、いけるんじゃないのか……？）

こっそりと麻美の全身を盗み見る。

麻美は黒縁眼鏡をかけ、黒髪を後ろで結わえた地味で真面目な女上司である。

だが三十四歳の人妻のくせにかなりの童顔で、眼鏡を取れば相当に若く見えると、社内のみんなが知っている。

聡も、眼鏡を外したところを見たことがある。

二十代半ばでも間違いなくイケる。さらに、身長は百六十センチもないくらいに小柄だった。

「くっそー」

やはり事務所もつながらない。

諦めて電話を切ったとき、眉の細い男が足早にやってきた。パチンコ店の広報担当である。

「宮沢さん、浜岡さん。ご苦労さんです。店長が話があるって。ちょっと来てもらえますか？」

聡は麻美と顔を見合わせる。麻美の顔も強張っていた。

ここの店長は、おそらくカタギではない。震えつつも、広報に続いて店の奥に入っていく。

奥まった机に店長の佐野《さの》が座っていた。

「店長、お連れしました」

広報の人間が言うと、スチールのデスクでパソコンを打っていた佐野はパタンとノートパソコンを閉じて、いかつい顔を向けてくる。

「まあ、そこに座ってくださいよ」

聡と麻美は、応接セットのソファに並んで座る。

「女の子がまだ来てないって？」

低い声で凄まれた。

聡は緊張しながら答える。

「まだちょっと連絡がつかなくて。でも、事務所には折り返しくれるように何度も伝えてありますから、そろそろ……」

佐野は難しい顔で腕組みした。

「いやあ、困ったねえ。スタートからバッチリ決めたかったんだよな」

細められた目で睨まれ、聡の頬はさらに強張った。

「す、すみませ……」

「店長。私が、しっかり連絡先を訊くように言っておかなかったからです。申し訳ありません」

聡より先に、麻美が横で頭を下げる。

慌ててこちらも同じように下げた。

「まあ、あんたらんとこは、グループで世話になってるからなあ。なあ、浜岡さん。

ものは相談だが」

「はい」

「あんたが代わりに出たらどうだい。それでチャラにしてやるよ」

「ちょっ……こ、こんなの……冗談じゃないわよ！」

手渡されたバニーガールの衣装を見て、麻美は顔を青ざめさせた。

白い襟と手首のカフスと黒の蝶ネクタイ。

ハイレグ水着のような、胸が半分ほど出るバニースーツ、さらには黒タイツにピンヒール。

そして、バニーガールの代名詞ともいえる、ウサ耳である。

かなり刺激的なコスチュームだった。これを着て人前に出るのはかなり勇気がいるだろうと、男の聡でも十分に理解できる。

「ねえ、私、三十四歳の子持ちよ。なんでおばさんにこんなの着せるのよ。おかしいわよ、こんなの絶対に無理」

彼女は顔を赤らめて、聡に突き返してきた。

「わ、わかりますけど……でも、バニーガールの格好というのが条件なんで」

「なんであなたまで勧めるのよ。もとはといえば、あなたが……」

「それはもう十分に反省してますって。あ、課長……時間が」

控え室の壁掛けの時計を見る。

麻美も見た。

そして黒縁眼鏡の奥の目をジロッとこちらに向けてから、大きなため息をついた。

「……外に出て」

「え？」

「外に出てって言ってるの！　着替えるから……」

麻美は聡の持っていたバニー衣装を奪い取ると、

「早く。時間がないんでしょう？」

と急かして、聡を外に出す。

(う、うそだろ……課長のバニーガールなんて)

今まで上司という目で見ていたのに、いきなり女としての麻美の魅力を再認識してしまう。可愛らしい人だなとは思っていたのだ。

「ねえ、宮沢くんっ……いるよね」

しばらくして、ドアの向こうから麻美が声をかけてきた。

「は、はいっ……います」

「……ちょっと手伝って、お願い」

「い、いいんですか」

「よくないけど……届かないのよ」

聡は息を呑んでドアを開ける。

バニーガールの衣装に着替えた麻美が、恥ずかしそうに胸を両手で隠して立っていた。

（うわっ……す、すごい……これが地味な課長？）

眼鏡を外した恥ずかしそうな麻美の表情に、聡は一気に欲情した。

網タイツの太ももはムッチリとしているのに、腰がくびれている。

両手で隠しているが、乳房もしっかりと谷間ができているから、やはり隠れ巨乳だったんだなと、聡は心の中でほくそ笑んだ。

「後ろのチャックが閉められないのよ」

彼女はくるりと後ろを向く。

（くううっ、後ろ姿がエロすぎっ）

白いしっぽをつけたヒップは悩ましいほど大きい。まさに子どもを産んだというお尻の大きさだ。

チャックの開いた背中は、見るからにすべすべで、シミひとつもない。

(ま、待てよっ……もしかして、今、課長って……ノーブラ?)

そういえばそうだ。

そんなに都合よくヌーブラなんて持ち合わせているわけがない。

(ああ、訊きたいっ……訊いてみたいっ……)

だがもちろん訊けるわけがないから、黙ってチャックを引きあげてやる。

「ありがと。ああん、ホントにこの格好で人前に出るわけ?」

麻美は網タイツの太ももをもじもじさせ、真っ赤になってうつむいた。

「だ、大丈夫ですっ……課長、可愛いですよ。三十代にはとても……」

慌てて口をつぐむも、麻美は猫のような目を吊りあげて、怒りをにじませる。

「あぁっ……末代までの恥ってヤツだわ。もう死んじゃいたいっ……もう行って。後ろからついていくから」

そう言うと、麻美は胸を隠しながら聡に寄ってくる。

ハイヒールを履き慣れていないのだろう、脚ががくがくと震えていた。

「だ、大丈夫ですか」

「……なんとか歩けるわ」

麻美はウサ耳を押さえながら慎重に歩く。動くとおっぱいが揺れて、一気に目が吸い寄せられる。

ドアを開けて歩くと、麻美は聡の後ろにぴったりと寄り添ってきた。

(うおっ、ノーブラの胸が……)

背中に柔らかいものが押しつけられている。

バニーコートは厚手だから、乳首の感触はわからない。

それでも、ノーブラのおっぱいと思えば、感激もひとしおだ。

2

「ウチの人間には絶対に言わないでよ、わかったわね」

麻美が何度目かの念押しをして、焼酎のお湯割りのグラスを呷る。

パチンコ店の近くの居酒屋だった。

麻美のバニーガールは好評だった。しかも麻美はＭＣもうまかったので、イベントはなんとか無事盛況に終わった。

今はお詫びということで、聡の奢《おご》りで打ちあげをしているところだった。

「まさか課長にあんな才能があるなんて」

言うと、カウンター席で並んで座っている麻美は、眼鏡の奥の目をじろりと聡に向けてくる。

「開き直りよ。なにを喋ったか全然覚えてないもん。ああもう……忘れたいっ」

麻美はまたグラスに口をつける。

今日はかなりペースが早い。よほど恥ずかしかったらしく、飲んで忘れたいのだろうと察した。

「まったくもう、ホントにあなたは……普段からメモとかとらないから、こういうことになるのよ。わかった？」

麻美が、肘が当たるほど身を寄せて睨んでくる。

プンとアルコールが匂ったのに加え、麻美の女の匂いがムンと濃くなった。

普段なら怒られてしょげるところだ。

だが今日は違う。

ゆったりめの麻美のパンツスーツの中身が、気になって仕方なかった。

（隠れ巨乳なんだよな……）

小柄で童顔で、ムチムチしているというのは、男にとって憧れじゃないか。麻美のバニーガール姿は、女性タレント目当てに来た客たちを帰らせないほど魅力的だった。

「なにニヤニヤしてるのよ」

思い切り、腕をつねられた。

「い、いたあ」

聡が顔をしかめると、麻美がクスクス笑う。

(くうう、可愛いぞ。ウチの課長って……こんなに可愛らしかったんだ)

オフィスでは、お堅い女教師のように、眼鏡とゆるめの服で女らしさをガードしている。

だけど、中身は十分に美人でスタイルも抜群なのだから、メイクとコンタクトレンズでもっとモテそうだ。

(あ、でも、旦那さん以外にモテる必要もないのか)

幸せな結婚生活なのかなと思うと、ちょっと旦那に嫉妬してしまう。

「いいなあ……」

ついつい、嫉妬の気持ちが口をついて出てしまった。

「なにが？」

「いや……旦那さんがうらやましいっていうか……課長ってほら……なんか尽くしそうだし、真面目だし」

「そういうのって、偏見じゃないの？」

麻美が鼻で笑う。

聡は「あれ？」と思った。

「でも、まっすぐ帰るし、旦那さんの愚痴とか聞いたこともないし……」

「愚痴はあるけど、特に言う必要がないだけ。私、結婚してもう十年だからね。今は旦那とは男と女っていうより、家族のメンバーって感じよ」

珍しく麻美が饒舌《じょうぜつ》になっている。かなり酔っているようだ。

「そうですかねえ」

あのバニーガール姿を思い出すと、股間がムズッとしてきてしまう。

有り体《てい》に言えば、麻美は男なら誰でもヤリたくなるほどのいい女だと思う。

焼酎のおかわりがくると、麻美はそれもあっという間に飲み終え、またおかわりを頼む。

眼鏡の似合う堅い表情が潤み、目の下が赤らんでくる。

アルコールを含んだ甘い呼気を感じると、厳しい上司であるはずなのに、ますます欲情が募ってくる。

「まあだから、私のバニーガールも……まあ気持ち悪かったでしょうけど、久しぶりに女として見られて、ある意味、うれしかったわよ」

くだけてきて、麻美がそんなことを言いはじめた。

意外だった。

「気持ち悪いなんて……だから言ってるじゃないですか。似合ってたって」

本当にそうだと思う。

しかし、麻美はウフッと笑い、

「いいわよ、お世辞は」

と返してくる。

(女らしいと思うけどな……)

今までよりも、ずいぶんと意識してしまう。

なんだかこれからは、いやらしい目で見てしまいそうだ。

「あ、そうだ。今日のイベント、撮影してたわよね。ちょっと見せて」

何気なしに言われ、聡はギクッとした。

「いや、まだ編集前なんで……きちんと編集してから、課長に送りますから」

ごく普通に言ったつもりだった。

だが、どこかヘンだったのだろう。

麻美が眉をひそめた。

「……なんか怪しいわね。見せて」

「い、いや……」

「見せなさい」

このまま押し問答していても埒《らち》があかない。

聡は鞄《かばん》からハンディタイプのビデオカメラを取り出した。麻美はそれをひったくるようにして奪い、電源を入れる。

「別に、よく撮れているじゃないの」

モニターを見ながら、麻美が苦笑する。

聡は顔を強張らせる。

一分ほど見続けると、麻美の顔色が変わった。

(ああ……バレるよな……)

汗がどっと噴き出てきた。

麻美の顔がみるみる赤くなっていく。

やがて再生をとめると、耳まで赤らめた顔で睨んできた。

「どういうことよ、これ……私の……その、へんな部分ばっかりアップで撮影してない？」

「そ、それは……」

言葉が続かなかった。

麻美のバニーガール姿で抜こうと、バストやヒップの揺れ具合をどアップで撮影しておいたのである。

「……私の動画で、なにしようとしてたの？」

麻美が身を寄せて見つめてくる。

「な、なにって……」

「答えて」

追及がきつくなってくる。聡は観念した。

「い、家で……家で、使おうと思ってたんですっ、すみません」

「使う……上司のいやらしい姿を撮影して、その……アレをしようとしてたの、あなた？」

「す、すみません。絶対に消しますから」

軽蔑された……と思って、もじもじしていたときだ。

「いいわよ、消さなくても」

「え？」

麻美が顔をのぞき込んでくる。

「私の動画、使っていいわよ。というか、だったら妄想じゃないほうが、いいんじゃないの？」

言われて、聡は息を呑んだ。

3

会計を済ませて居酒屋の出口へと向かう。

パンプスを履こうとして、麻美がよろけた。

聡は慌てて肩を引き寄せる。

「大丈夫ですか？」

「平気よ。今日は優しいじゃないの」

「そんな……いつもです」

「そうかしら。今日はやけに優しいわ。エッチできそうだから？」

「えっ？」

びっくりして固まっていた隙に、麻美が柔らかな唇を押しつけてきた。

「んっ、んん……」

麻美の眼鏡が鼻に当たった。

驚いていた隙に、麻美の舌がぬるっと入ってくる。

（う、うわっ……課長……）

アルコールを含んだ呼気と、ぬらつく唾液はとろけるように甘く、聡も居酒屋の出口だということを忘れ、舌をからめてまさぐった。

「うぅん……」

悩ましい鼻声を漏らしつつ、麻美がちゅぱっと音を立てて唇を離して、じっと見つめてきた。

上司であり、人妻である。

浮気であることは間違いなかった。

この先、会社でどんな顔をすればいいのか……。

それでも今は、この魅力的なひとりの人妻と身体を重ねて、存分に気持ちよくなりたいという欲望が勝った。

「あの……さっき検索したんです。その……ホテルを……」

「そういう段取りはばっちりなのね」

ウフフと笑う麻美の表情は、今までになく艶《なま》めかしかった。

タクシーの後部座席に乗り込むと、当たり前のように腕にしがみついて、身体を預けてくる。

乗ってから麻美は、ひと言も話さない。

だが言葉にしなくとも、全身から緊張が伝わってきた。

部下とこれからセックスをするのだ。

酔っていても、葛藤しているだろう。

右腕に乳房のゆたかなたわみを覚えて、聡も震えるほどドキドキしてしまう。

このところ、昔の学校の先輩、幼なじみ、同じマンションの奥さんなどと身体を交わしていた。

だが、一番身近な上司を抱くとなると、緊張と興奮がまるで違う。

(浮気なんか……しそうもない人だぞ、大丈夫かな?)

ちらりと見た。

スタイルのよさはもう確認済みで、お堅い紺色のスーツに身を包んでも、その垂涎《すいぜん》のグラマラスボディはわかっている。

肘に意識を集中させると、豊かなふくらみの重みと、乳房のしなりをはっきりと感じた。

さらさらの髪から甘い匂いが漂ってくる。

おっぱいの感触と人妻の芳《かぐわ》しい匂いに、ズボンの中のイチモツが硬くなる。

(や、やばいな……)

股間がテントを張っている。

なんとか自然に位置を直そうと思っていたら、麻美が耳元でささやいてくる。

「あんっ……もう……タクシーの中で、だめでしょ、こんなにしたら……」

麻美の手が下りていき、ズボンのふくらみをつかむ。

「くぅ……」

(な、なんて大胆な……)

酔っているのもあるだろう。

それよりも、自分の胸の内を話したのが大きいのかもしれない。

運転手から、ミラー越しに見えているのはわかるだろう。なのに、触り方はさらにいやらしく、まるでペニスのサイズをたしかめるような手つきに変わっていく。

(ああ、課長が……俺のチンチンを……)

興奮して頭が痺れた。

勃起はさらにギンギンになり、麻美の手による刺激でピクピクと脈動する。

麻美はさすりながら、ハアハアと息を乱してくる。

たまらなかった。

聡は思い切って麻美の身体を抱きしめるようにしながら、左手で胸のふくらみをつかんだ。

「あんっ……」

麻美が甘い喘ぎを漏らす。

ブラウスとブラカップ越しだが、女上司のふくらみの柔らかさがはっきりと伝わってくる。

「はあっ……あんっ」

揉みしだくと、麻美は思ったより敏感な反応を見せた。そして、さらに強く肉棒をこすってくる。

（くぅぅ……気持ちいいっ）

課長の麻美と、こうしてイチャイチャしていることが信じられなかった。

昨日まで、なにごともなくただの部下と上司として接していたのに、今は男と女になっている。

（わかんないものだな、課長とこんな関係になるなんて……）

夢心地でうっとりしている、そのときだ。

麻美の手が伸びてきて、聡の右手をつかみ、自らの太ももに導いてきた。

（えっ……？）

とまどっていると、麻美の手でさらに股間へと導かれた。

息を呑みながら、パンツスーツの股間をじっくりと指で撫でさする。

左手で乳房を、右手で女のアソコを触っている。そして、もっと触ってとばかりに麻美が腰をくねらせる。

夢中でさすっていると、

「ん……う……」

麻美がほんの小さく声を漏らし、聡の右手をギュッとつかんでくる。

首筋がねっとり赤く染まり、身体が震えている。

息を乱しつつ、見あげてくる瞳が妖しく潤んでいた。

再び麻美が眼鏡の美貌を近づけてくる。

唇と唇が重なる。

「ううんっ……うっ……んんっ」

ねっとりと舌をからませ合い、お互いの唾を流し込む。

タクシーの後部座席はもうふたりきりの空間だった。濃厚なベロチューをしながらまた、胸をじっくりと揉みしだく。

「あっ……あっ……」

キスができなくなるほど感じてきたのか、麻美はうわずった声を漏らしはじめ、ほっそりした顎をせりあげる。

もう直接触りたくなった。

ガマンできないと、麻美のスーツのベルトを外そうとしたときだ。

「あの……お客さん……そろそろつきますよ」

ミラー越しに言われて、聡はハッとして麻美を抱いていた手を離す。

さすがにタクシー運転手も呆れたのだろう。

聡は麻美と顔を見合わせ、苦笑いする。

4

麻美はラブホテルに入る前に、スマホでラインのメッセージを送ったと告げてきた。

もちろん旦那宛である。

「なんて送ったんですか」

「タクシーで帰るから、先に寝ていてって」

「それだけ？」

「大丈夫よ」

これで遅くなっても疑われることはない。

それにしても、ずいぶんあっさりしたものだと心配になる。

部屋に入る。

大きなベッドが中央にあるだけの簡素な部屋だ。女子ウケするようなしゃれた飾りなどなにもない。

だがそれがよかった。ヤルための部屋だという淫靡さが興奮を煽ってくる。

麻美がギュッと手を握ってくる。

「んんっ……」

抱き寄せて、今度は気兼ねなく夢中で唇を貪った。

すると麻美も待っていたように、両腕を背中にまわしてきて、密着しながら濡れた舌を入れてくる。

「んんっ……うぅんっ……んぅ……んううっ」

息苦しくなるほど唇を強く吸い、舌をねちゃねちゃと音がするほどからめ合う。

麻美の長い睫毛がピクピクと瞬《またた》き、呼吸が荒くなっていく。

ぬるりとした舌先で、歯茎や頬の粘膜を舐めると、

「ん……ムウッ」

麻美はせつなげに鼻を鳴らして、眉間に悩ましい縦ジワを刻んだ。

くちゅ、くちゅ、と音を立て、じっくりと口内を舐めまわす。さらに舌の根元から
くすぐるように舐め、唾液を流し込む。

「んふっ……んふぅんっ……」

激しいキスに、麻美の身体から力が抜けていく。

会社の上司とのベロチューは、強烈な刺激だった。

普段顔をつき合わせ、怒ったり注意したりしてくる女性に対して、こうしてキスで

翻弄していることに興奮が増していく。

息苦しくなり、激しいキスをほどいた。ふたりともすでにしっとり汗ばんで、お互いが肩でハアハアと息をしている。

「お願い、リードして」

唇を唾で濡らして麻美が、不安そうに見つめてくる。

「私、ずいぶんしてないのよ。だから……」

好都合だった。

いつも怒られている人に、欲しいと言わせてみたかった。

聡はそのときふと思った。

「課長。たしかバニーの衣装、持ってきましたよね。家で洗うって」

「持ってるけど……えっ？　待って……もしかして……ちょっと……」

麻美はカアッと顔を赤くする。

「お、お願いしますっ。課長のバニーガール、可愛かったんです」

「で、でも……だって……」

「どうせだったら、うんと非日常になったほうがよくないですか？」

自分でもしつこいと思うほど懇願すると、やがて麻美はあきらめたようにため息をついて、鞄からバニー衣装の入った袋を取り出した。

(や、やった……課長を恥ずかしいバニー姿にして、楽しめるなんてっ……あっ、待てよ)

さらなる辱《はずかし》めを思いついて、聡はほくそ笑む。

「あの……どうせひとりで着られないなら、ここで着てもらえませんか？」

「ええっ！」

さすがに麻美は厳しい目を向けてきた。

「お願いしますっ」

土下座してもいいと思いつつ頭を下げる。

麻美はしばらく唇を噛んでいたが、やがて聡が本気だとわかると、諦めたようにベッドから降り、くるりと後ろを向いて、スーツのジャケットを肩から抜いた。

(い、いける……ッ！　課長の生着替え……)

興奮が高まり、心臓が痛いほど脈を打つ。

麻美はジャケットをキレイに畳んでベッドの脇に置く。

そして、赤い顔でこちらを向いた。

「こんなおばさんの着替えシーンなんか眺めて、楽しいの？」

「大丈夫ですっ、おばさんなんかじゃありません。まだ三十四歳じゃないですか、課長。全然イケますよ。バニーガールやってたとき、すごいウケてたじゃないですか」

「ああんっ、言わないでっ……あんなの、もういやなんだから……」

いやだと言いつつも、先ほど女として見られてうれしかったと吐露しているから、もう遅い。

地味で真面目な人妻でも、観客の視線を浴びつつも肢体をさらすという行為は、ナルシシズムを満足させて、快感を得られるのだろう。

麻美はベルトを外し、先に下のパンツを脱いだ。

ブラウスにストッキングというエロい格好になった麻美は、腰をかがめてブラウスの裾をまくる。ムチッとした太ももが眩《まぶ》しかった。

「いつも隠してるけど、スタイル抜群ですよね、課長」

「そんなことないわよ。子どもを産んだらお尻も大きくなっちゃったし。脚も太くなっちゃったわ」

たしかに双臀のボリュームは、まさに熟れた人妻らしい豊満さだ。

だがやはり、そこがいい。

薄いストッキングが丸められて、ムッチリした太ももから剝かれていく。

（課長の、パ、パンティ……）

三十四歳の人妻上司の腰に張りつく、地味なパンティに妙ないやらしさを覚えた。

麻美は恥じらいつつ、さらにブラウスのボタンを外して下着姿になった。

白いブラジャーに包まれたバストは、なかなかのふくらみだ。

麻美はブラのホックに手をかけようとして、聡を見る。

「ねえ、この衣装ってTバックとかヌーブラがいるのよ。下着の上からでもいいわよね？」

「えっ、じゃあ、やっぱり昼は……あのバニーの衣装の下は素っ裸……」

「し、しょうがないじゃないの」

麻美は下着の上から、バニーのコスチュームを身につけようとする。

「だめですよ。全部脱いで」

「なっ……！」

麻美が顔をあげる。

「い、いやよ」

「だって昼間もそうだったんでしょう？　どうせ最後には全部脱ぐんですから……」

「もうっ……わかったわよ」

麻美は怒ったように言いながら、両手を背にまわす。

大きな息を吐き、麻美はブラジャーのホックを外して抜き取った。

（おおっ……）

乳房は丸みがあって、くすんだ色の乳首が中心部にある。

（お母さんのおっぱいだ）

子どもにたくさん吸われたのだろう。キレイとは形容しがたいが、安らぎを覚えるおっぱいだった。

さらにパンティを脚から抜いて全裸になる。

「おお……」

地味な眼鏡姿とはギャップが大きいグラマーなスタイルだ。股間の恥毛は濃いほうだが、それがまた女の秘めたる欲情の深さを感じさせる。

麻美は網タイツを直穿きする。

ナイロンに透ける草むらや、ぴったりと包み込まれた尻の双丘は、妙に丸さを強調されて、全裸でいるより卑猥だった。

そして足先からバニーコートを着て、胸のあたりを調整する。

後ろのチャックは聡が閉めてやり、白い襟と手首のカフス、それに黒の蝶ネクタイを身につける。

　さすがにウサ耳のヘアバンドは邪魔なのでつけず、髪の毛の後ろで結わえていたピンをほどき眼鏡を外す。

　セミロングの黒髪に猫のようなクリッとした目。

　地味な人妻が可愛らしいバニーガールに変身した。

「う、うわっ……可愛いっ、課長、可愛いですっ」

　思わず興奮して叫ぶと、

「あん、もう……これでいいのね」

　麻美は顔を赤らめてうつむくものの、それがまんざらでもないような笑みを見せてくる。

「た、たまりませんよっ」

　もう興奮し切って、頭が痺れていた。

　聡はベッドにバニー姿の上司を押し倒すと、衣装の上からカップごと、ぐいぐいとおっぱいを揉みしだく。

「あっ！　そ、そんなっ……がっつかないでっ、宮沢くん……ああんっ」

　乳房と同時に、バニーの衣装の上から大きな尻を撫でまわす。

「それにしてもエッチなお尻ですね」

丸々とした尻丘の感触と、柔らかなバストの揉み心地にうっとりしながらも、いやらしい手つきで愛撫を続けると、

「はあんっ……あぁっ……ああんっ」

早くも麻美はせつなげに眉根を寄せてくる。

身を寄せ合い、とろけるようなディープキスをしていると、甘ったるい汗の匂いが鼻先に漂ってくる。

キスをほどき、麻美の汗を舐めるように、首筋からデコルテに舌を這わせていく。

そして、自然とおっぱいに引き寄せられるように、バニーコスチュームの透明な肩紐を外してカップ部分をめくりあげる。

「あぁっ……いやっ……」

くすんだ薄茶色の乳首は、すでにムクムクと尖っている。

童顔なのに、使い込んだ乳首とのギャップが卑猥すぎた。少し裾野が広がり、垂れ気味なのも好みだ。

(くうう、課長のおっぱい……)

力を入れて、揉みしだいた。

「う、うくっ……はあぅ」

麻美の肩がビクッと震えた。

ねちっこくふくらみを揉みしだくと、甘美な刺激に乳頭が疼《うず》いてくるのか、さらに先端が尖ってきた。

「硬くなってきましたよ。ああ、やっぱりいいんだ……」

鼻息を荒くした聡は、尖り切った乳首に舌を押しつけた。

「はあん！　ああン……」

バニー姿の上司は、あられもない声を漏らして背中をそる。

感じてくれている。

聡はさらに唾液まみれの舌で、熱く疼いた乳首を舐め、唇をすぼめてチューッときつく吸い立てる。

「あんッ……」

麻美の顎がせりあがった。

三十四歳とは思えぬ可愛らしさにますます興奮し、ちろちろと舌先でくすぐりながら、さらに右手で捏ねるようにおっぱいを揉む。

「あっ……あっ……」

麻美はベッドの上でもんどりうって、困ったような泣き顔をさらす。もう瞼《まぶた》が半分落ちて、とろんとした表情を見せている。

「可愛いですよっ、課長っ……」

バニー衣装を剝き、半裸にしながら、さらに聡は責め立てる。

それにしても、やはりバニーガールというのはいい。

バストからウエスト、ヒップ、脚までのすべてがあらわになっているのに、蝶ネクタイとカフスがあることで、下品なエロさを見せないのだ。

しかも着ているのがムッチリした三十四歳の人妻というのもそそる。

若くて張りのあるピチピチバニーも魅力的だが、肉感的で熟れきったエロい体つきのバニーというのもお色気満点で最高だ。

聡は麻美の乳首にむしゃぶりつきながら、いよいよ右手を下ろしていく。

バニー衣装の上から股間を撫でると、ツルツルした厚手の生地なのに、ムンとするような熱気があった。パンティを穿いてないからだろう。

（ああ、これはもうたまらないぞ……）

聡は鼻息を荒くして、乳首から顔を離す。

そうして身体をずりずりと下げていき、セクシーな網タイツに包まれた麻美の両脚をM字に割りひろげた。

「ああ……ッ……いやっ……」

麻美は羞恥の声を漏らして、脚を閉じようとする。

だが、聡はもちろんそれを許さない。

グイッと左右に割って、上司の秘めたる部分をじっと眺めた。

(う、うわっ……)

ハイレグカットで細くなったバニーコスプレの底布から、おまんこのビラビラが卑猥にハミ出している。

布がぷっくりとしているのは、モリマンということだろう。

さらに花びらも大ぶりで、肉厚ということだ。

(課長の女の部分……すごいな、今までにない猥褻《わいせつ》さだぞ)

聡は指で底布を、強くさすった。

「んぅ……あっ」

麻美のムチムチの下半身がくねる。

その腰の動きに翻弄されつつ、さらにこする。

柔らかく、クニュッとした肉溝の感触を楽しみつつ、さらに人妻上司の股間の上下をなぞりあげて責めていく。

「ああっ……ああっ……」

あの真面目な課長が、バニーガールとなってM字開脚させられているのに、感じまくっている。

「やっぱりこの衣装が興奮するんですね」

「……ああ、違うわっ、いやっ」

そう言いつつも、麻美は可愛らしい猫のような目を潤ませる。

もう中身が見たくなってきた。

聡はバニーコスプレを脱がそうとしたが、ふと、クロッチのところにボタンがついているのがわかった。

（このボタンは……そうか）

聡は底布のボタンを外してみた。

案の上だ。脱ぎやすいように、クロッチの二枚の布が、小さなボタンでとめられていたのだ。

そのまま布をまくると、簡単にバニーコスプレがめくれて、網タイツ直穿きの下腹部があらわになった。

「あ……！　そのボタンは外しちゃだめよっ……ああっ」

網タイツ姿の下半身になった麻美は、恥じらってタイツに透ける草むらを手で隠そうとするも、聡はそれを押さえつける。

（うおおお……）

網タイツ越しのおまんこのエロさに、聡は胸奥で吠えた。

子どもを産んだ人妻らしく、スリットは大きい。

それに色素沈着していて、蘇芳色だ。

土手はぷっくりとふくらんでいて、うっすら開いた亀裂はすでに愛液でぐっしょり濡れていて、網タイツにまで蜜がしたたっている。

5

「エ、エロすぎますっ、課長のおまんこ」

「ああ、ちょっと待って……恥ずかしいからっ」

足を閉じようとする人妻上司を無視して、聡は開き切った股間に、顔を押しつけていく。

網タイツ越しの濡れた恥丘を鼻先でぐりぐりとなぞり、くんくんと匂いを嗅いだ。

「や、やめてっ……そんなところを嗅がないでっ……あ、あんっ」

いやいやしながらも、麻美がぴくぴくと腰を震わせる。

さらにすんすんと鼻をすする。

麻美の股間はいやらしいほど熱気を放ち、濃厚な牝の匂いを孕《はら》んでいた。

まるで獣のような生臭さだった。

それはそうだろう。

今日は長い時間、このバニーガールの衣装で過ごしていたのだ。

網タイツとバニーの衣装でぴっちりと股間を覆われて、蒸れに蒸れた汗や女の匂いが漂ってくるのも当然だった。

「課長のおまんこ、こんなエッチな匂いをさせているんですね」

「言わないでッ……あん、で、でもいいわよ、もう言うわ。エッチなのっ……私、ホントはすごくエッチな女なの」

開き直ったのか、拗ねたような顔で見つめてくる。

可愛らしかった。

真面目で地味な眼鏡の似合う女上司は、一皮剝けば可愛らしくて、意外とスケベな女だったとわかった。

もどかしくてたまらなかった。

もっと辱めたいと、ふとあることを思いつく。

「課長……この網タイツって、特別なヤツじゃないですよね」

「う、うん……普通に売ってるヤツだと思うけど。な、なんで……？」

その言葉を聞いた瞬間、聡は網タイツの股間部分に爪を立ててピイーッと破り、濡れた性器を露出させてやる。

「い、いやあアッ！」

悲鳴とともに、麻美は紅潮した顔をそむける。

聡は力任せに両脚の鼠径部をしっかりと押さえ、人妻上司を大股開きにさせる。

「いい眺めですよ。ナマのおまんこがぱっくりだ。全部丸見えですよ」

じっくりと女上司の花園を見入った。

(これが課長の……おまんこか)

二本の指で割れ目を押しひろげる。

薄桃色の肉襞が、ひくひくとうごめきながら、匂い立つ蜜をしたたらせている。

濃厚すぎて、くらくらした。

誘われるように聡は舌を伸ばす。

濡れた亀裂に、舌先が浅く突き刺さる。

「あっ……くっ……くぅぅう！」

麻美は抑え切れない喘ぎをこぼして、ガマンできないというように尻をじりじりと揺らめかせる。

（課長の……おまんこ……味が強いっ……）

しかし、欲情を誘う味だった。

今度は舌をすぼめ、女肉の上部の陰核を軽くつついた。

「ああっ……！」

麻美の腰がビクッと大きく震え、背中がのけぞった。

さらに小さなクリトリスを口に含み、じゅるっと吸いあげる。

「ああっ、あんっ」

苦しむように、麻美は喉奥から声をあげて身をよじる。

大きな乳房が揺れ弾み、首筋から汗がしたたっている。女の匂いがよりムンと強くなる。

（この反応、可愛いな）

聡は夢中になって愛らしい肉芽をクンニした。

ざらついた舌が女の感覚器官をねぶっているうち、クリトリスが肥大化していく。

「ああんっ……も、もっと吸ってェッ」

いよいよ恥じらいもなく、麻美が声をあげる。

「いやらしいバニーですねぇ」

麻美のとろけ顔を眺めながら、さらにねろねろと舐めまくってやる。

「あああっ……はぁあああ……」

下腹部を舐めるごとに乱れていく麻美が、今にも泣きそうな顔でこちらを見てきた。

「ああん……ダメッ、ああ、ああンッ」

「だめなんて、うそでしょう？」

聡は桃割れの間に、指を忍ばせていく。

「ん、んぅっ！」

指の埋没と同時に、麻美は首に筋ができるほど顔をのけぞらせる。

蜜口に突き入れた指で、内側の襞をこすりあげると、

「はぁ、あぅぅ！」

ビクビクと、麻美の肢体がわななないた。そして、

「あうう、いい、いいわっ……かきまわして、もっと麻美のおまんこをかきまわして、宮沢くんっ」

かなり興奮しているのだろう。ついにはあけすけな言葉を発するまでに、麻美はとろけきっている。

聡が指でざらつく天井をこすると、麻美は「うっ」と顔をしかめて腰を震わせた。

膣が指を締めつけてくる。

「ここが、感じるんですか？」

もっとこすると、

「いや……あああッ、むうう」

何かから逃れるように麻美が抱きついてきて、自ら唇を重ねてきた。おっぱいが押しつけられて、乳首がもうカチカチなのがわかる。

キスをしながら、中指を出し入れすると、ぶしゅ、ぶしゅと激しい水音が立つ。

「ああ……いやんっ」

口づけをほどいた麻美は、強引に手マンをやめさせた。

ハアハアと息を弾ませながら、ねっとりとした目で見つめてくる。

「ごめんね、私……だめになりそうになっちゃった……」

「だめになっても、いいじゃないですか」

「だって、久しぶりなら……セックスでイキたいのよ」

聡は息を呑んだ。

実のところ、ここまできて最後までしていいか迷っていた。

相手は明日も明後日も、顔を合わす上司である。しかも不倫だ。あんな小さい会社で社内不倫など……。

しかし、今の麻美の言葉ですべてが吹っ切れた。

道徳より、気まずさより、目の前にある快楽を貪りたい。

聡は立ちあがり、シャツやズボンをすべて脱いで裸になると、備え付けのコンドームをつけて向き直った。

麻美はバニーガールの衣装のまま、後ろ姿をさらして寝そべっている。

脱がずにいてくれたのは、うれしかった。

バニーコスチュームのファスナーが半分下りて、華奢な背中のラインが見えている。しなやかな背から、ウエストが急激にくびれ、そこからむちっとした双尻へと続いている。

そのときようやくわかった。

バニーガールの衣装は身体にピッタリ張りつくから、グラマラスな女性でないと、見栄えがしないのだ。麻美はその条件をクリアしている。

（すげえ、課長……すげえ身体だ……）

今さらながら聡は昂ぶった。

身近にこんなエロくて、いい女がいたなんて……。

「ああ……課長っ……」

うわごとのように言いながら、聡は麻美に背後から襲いかかった。

「えっ、な、なに」

肩越しに振り返った麻美が、大きな目を開いた。

「……待って……ちょっと……いきなりっ……その……後ろからなの？」

「そうですよ。うさぎなんですから、四つん這いです。お尻をあげてこっちに向けてください、課長」

ニヤニヤ笑って言うと、麻美は色っぽく目を細めた。

「……いじわる」

拗ねたように言いつつも、女上司は四つん這いになって、ぐぐっと背をそらして尻を向けてきた。

（おおっ）

大きな尻の迫力に、怒張は被せたゴムが破れそうなほどビンと硬くなる。逆ハート型のむっちりしたヒップは大きく横に張り出して、すさまじい量感を伝えてくる。

聡はさらに大きく網タイツを破る。

剝き出しになった尻たぶに手を置き、グッと割り裂いた。

排泄の穴も、ピンクのぬめぬめもすべて丸見えだ。

切っ先を亀裂に押しつける。

それだけで女体が震え出す。彼女の緊張が伝わってくる。

鎌首《かまくび》が膣穴に触れた。

ググッと押し込んでいくと、ずぶりと入った。

「あああ……！」

奥まで貫くと、麻美は白い喉をさらけ出し、四つん這いの背をしならせる。

「くうう」

聡も声を漏らした。あまりに気持ちよかったからだ。

麻美のおまんこは、大ぶりだが締まりはよかった。

ぬかるみは熱く、とろけそうだ。

「ああ、か、課長……入りましたよっ、ひとつになりましたよ」

興奮しながら、聡はバニー衣装のままの麻美の細腰をつかまえた。

見事なまでにくびれた蜂のような腰だ。腰をつかんで奥まで貫くと、自分が獣の雄になったような興奮が募り、バニーの上司をもっと犯したくなる。

「ああんっ、奥まできてる、突いてっ……もっと突いて、宮沢くんっ」

言われるがままに、抜き差しした。

たしかに奥を突いている感覚があった。しっかりと腰をつかんで、パンパン、パンパンと連打を送り込むと、大きなヒップがぶわんっと押し返してきて、クッションみたいで気持ちいい。

「ははあああ、ああ、ああんっ」

いきなりフルピッチで突くと、麻美は肩越しに困惑した顔を見せてきた。

「ちょ、ちょっと待って……あんっ……あんっ……深い、深いっ！」

あの真面目な上司が、かわいそうなほどうろたえている。

だが、その顔がいい。

可愛い美貌に、妖しい被虐性をムンムンと漂わせている。その色香に完全に参ってしまった。聡は歯を食いしばり、さらに突き入れる。

「い、いやあああっ……そんなにしたら、もう、きちゃう……ああん、きちゃうッ」

ヒップをくねくね揺らし、乳房をぶるぶると震わせながら、麻美が獣じみた声をあげる。

(くうう、な、なんだこれ……)

尻の弾力もすごいが、膣内の締めつけが異常に強い。

大きな胸のふくらみはバウンバウンと揺れ弾む。

汗が飛び散るのもかまわずに突き入れる。相手が上司だというのに、セックスの虜《とりこ》になってしまう。

「ああ、課長……課長ぉぉっ……」

揺れるバストを下からつかんで、強く揉みながらさらにバックから貫いた。

自分の男根が、麻美の中に出たり入ったりするのが見える。

大量の蜜をまぶして黒光りするような偉容さが、バニーガールを犯している。たまらなかった。さらにねちっこく突きまくる。

「ああん、ああん、おかしくなるっ、そんなにしたら、イクッ……イクからあ……いやっ、いやああ」

「イッてくださいっ……イッて……課長……」

下腹部が燃えるように熱くなる。会陰が引き攣《つ》るほど痛くなって、それでもがむしゃらに突き込んでいく。

「あああッ、だめっ、あああッ、イクッ、ああん、イッちゃううう!」

キリキリと背中をふるわせた麻美は、やがて下腹部をビクンビクンと大きく波打たせてきた。

同時に濡れた媚肉が収縮する。

「ああ、そんなに食いしめて……うぐぐ……で、出ますっ」

目の前が真っ白くなるほど、強烈な射精だった。

ペニスにかぶせたゴムの中に大量のザーメンを放出する。

あまりの気持ちよさにヨダレを口端から垂らすのもかまわず、聡はビクッ、ビクッと腰を震わせている人妻上司に、さらに突き込んでしまうのだった。

第五章　出会い系の欲望妻

1

聡は三日前、新しく開発された出会い系アプリの広告を依頼された。

「地方でも女の子と会える」

という、うたい文句のアプリである。

以前は出会い系サイトというと、ちょっといかがわしくて、隠れてこそこそやるものだったらしいが、今は「マッチングアプリ」という名に代わり、女の子も気軽に使っているらしい。

だが聡はこれを使ったことがない。

なので、ためしに使ってみようと登録してみた。

ところがだ。

趣味と実益を兼ねて、と新しい出会いに胸をときめかせていたものの、これがなかなかうまくいかない。

まず、ドタキャンされる。

五人のうちふたりは、待ち合わせの時間を過ぎてから、急に具合が悪くなったと、キャンセルしてきた。

「今日逢えます」と言われて、連絡をとって待ち合わせしてみたら、「やっぱり具合が悪くなった」と連絡がくるのである。

これはかなりへこんだ。

自分の容姿は人並みくらいはあると思っていたし、このところうまくいきすぎてモテモテ状態だったのだが、その自信はガラガラと崩れていった。

それなら写真を送ったときに断ってくれればいいのに、と思うが、来られないという人間を責めてもしょうがない。

次に、写真と別人が来る。

写真は撮り方でだいぶ変わるが、変わるにもほどがある女性が来る。

そして最悪は、「連絡が取れなくなってしまう」である。

ドタキャンはまだ連絡をくれるだけマシだが、待ち合わせの時間になってから連絡が取れなくなるのは、どうにもできず途方に暮れてしまうのだ。

(もう普通の子でいいよ)

六人目ともなると、かなりハードルが下がっている。

しかも今日の待ち合わせは地元のX市から、ちょっと離れた場所なのだ。これでドタキャンをくらったら、電車賃分がまるまる赤字ということになる。

(せめて、来てくれよな)

祈る気持ちで、うろうろしていたときだ。

早足で近づいてくる女性がいた。

ミニのタイトスカートに、黒のサマーニット。大きなイヤリングに首にチョーカーをつけて、大きなブランド名の入った鞄を持っている。

(あれだ、おっ、写真よりキレイじゃないか?)

聡は目を細める。近づくにつれて聡の緊張は高まった。

なにせやってきたのは事前に交換した写真そのもの、いや、それ以上の美人だったのだ。

彼女は聡の前まで来てから、

「あの……サトさん……ですよね」

と、うかがうような顔つきで、聡のＩＤネームを尋ねてきた。

「あ、はいっ。ユリコさん、ですね」

「ええ」

ユリコがニコッと微笑んだ。聡の身体からどっと汗が出る。

（あ、当たりだっ……大当たりっ……きたあっ）

思わず美人局《つつもたせ》じゃないかとまわりを気にしてしまった。

それほどまでに、ユリコはスタイルがよくて顔立ちも整った女性であった。

ふんわりと丸いシルエットをつくるショートボブに、目鼻立ちのくっきりした顔立ち。目の下をチークで少しキラキラさせて、厚めの唇は濡れて鮮やかだ。

（ちょっと派手だけど、色っぽいな……二十六歳って書いてあったけど、これはうそではなく、ホントに二十六歳くらいだぞ）

ニットはぴったりとして、乳房の形とブラのラインが浮き出ており、タイトスカートから伸びる脚もすらりとしている。

だけど服装のセンスがちょっと昔っぽくて、それが都会の洗練された女性とは少し違っているので、なんとなくホッとした。

あまり美人すぎると気後《きおく》れするが、こんな風にどこか隙があるとうれしい。

「遅れてすみません」

ユリコが頭を下げる。

メイクは濃くて派手だが、声は落ち着いたトーンだった。

物腰も柔らかくて、タイトミニを穿く雰囲気ではないようにも思える。

「大丈夫ですよ、じゃあ、あの……取りあえず、近くの居酒屋でもいきません？」

一応、駅前から歩いて五分くらいのところの、こぢんまりした海鮮居酒屋をピックアップしておいた。

ところがユリコは、

「あの……私、実はあんまり時間がなくて……」

と拒否を示してきた。

(だ、だめか……まあそうだよな)

なんとなくわかっていた。

ユリコの顔を見た瞬間に、これは無理だとあきらめがつくほど、彼女は高めの女だった。

「そうなんですか。それは残念……」

「あの……よかったらなんですが、ホテルに行きませんか？」

「は？」

彼女が言った台詞《せりふ》を頭の中で反芻する。

「あの……今なんて？」

聡が恐る恐る訊くと、ユリコはニコッと笑った。

「ごめんなさい。ちゃんと訊かないとね。あの……サトさんは、どういった目的で私を誘ったんでしょうか」

「えっ、ど、どういうって……そりゃ、あの……すごくタイプでしたので」

「真面目におつき合いしたいのか、遊びたいのか？」

「え……それは……」

一瞬言葉につまった。

（いきなりこんなこと言ってくるなんて、もしかして、ヘンな壺とか買わせるつもりなのか？）

聡はあからさまに警戒を示す。

彼女は真顔で見つめてくる。

「私、サトさんのあの文面から、ちょっと遊んでみたいとか、そんな感じに思ったんですけど」

ドキッとした。たしかにそういう気持ちで登録したからだ。

「いや、真面目に書いたつもりですけど……」

「そうかしら？　ただ、もしそういう気持ちがあるなら、ホテルとか行きませんかと誘っているんです」

「え……はあ……」

聡はユリコの全身を盗み見る。

スタイルもルックスも悪くない。男には不自由しないだろう美女である。

（金目的か？）

とも思うのだが、どうも身につけているものも高そうだ。彼女の本当の目的がわからない。

「いけませんか？」

ユリコが不安げな顔をする。

涼しげな印象の奥二重《おくぶたえ》が、細められる。

ドキッとしてしまった。

「いいですっ、いいに決まってます」

もうこうなれば、なにが出てくるか、たしかめたい気持ちになってきた。

2

緊張しつつ、ラブホテルの部屋に入った。

先ほどから、ユリコはきょろきょろしている。あまりこういうところに来たことはなさそうだった。

（いや、わからんぞ。演技かも……）

警戒を解くことなく、聡はベッドの端に腰掛ける。

すると、ユリコも隣に座ってきた。

「慣れてらっしゃるのね、こういうところ」

ユリコが大きな目を向けてくる。近くで見てもキレイなので、ドキッとした。

「いや、そういうわけでもないんですが……」

言い訳すると、ユリコはぎこちなく笑った。

（なんか不思議な人だな）

潤んだ瞳に、赤く染まった目元。

メイクが派手で、やることが大胆なわりに慣れていない感じだ。

(自分から誘うような人に、見えないんだよなあ)

そのギャップが先ほどからどうも引っかかって、気になってしまうのだ。

とはいえ目線を下にやれば、サマーニットのバストがいやらしい丸みを描き、タイトスカートから艶めかしい白い太ももがのぞけている。

聡は唾を呑み込んだ。

ことがうまく運びすぎている。だけど、もうこの身体を抱けるなら、あとでどうなってもいいかと思えるようになってきた。

「あの、シャワーは」

聡が訊くと、ユリコはちらりとシャワールームのドアを見てから、唇をキュッと引き結び、それからこちらに向き直った。

「時間がありませんから、このままでもいいかしら?」

「こ、このまま……うっ……」

ビクッと全身が粟立った。

ユリコが身体を寄せつつ、おもむろにスラックス越しの股間をゆるゆると撫でてきたからだ。

「く、くう……あ、あの……ホントにいいんですか？」
こうなることは望んでいたことだ。
しかし、あまりにうまくいきすぎている。たしかめずにはいられなくて、ついつい
そんなことを言ってしまう。
ユリコは手をとめた。
「……だって、誘ったのは私でしょ？」
「いや、実を言うと、うまくいきすぎていて……なにか買わせようというなら、無理
ですよ。俺、そんなに金持ってませんから」
本音を喋ると、彼女はころころと楽しそうに笑った。
「フフッ……実はね、恥ずかしい話だけど、旦那に浮気されたの。それで、その腹い
せで一度だけ私も浮気しようかなって……だから、協力してもらえないかしら。あな
たは信用できそうだわ」
本当なら、自分はとんでもないラッキーを引いたことになる。
「だから、サトさんは好きに楽しんで。ねえ、二時間だけ、私が悪いことをするのを
手伝って。そうじゃないとみじめだから」
彼女は甘えるように言いつつ、身を寄せてきた。

甘い香水の匂いがムンと漂ってくる。

目が合うと、彼女の表情が少し戸惑っているように見える。

(やっぱり慣れてないみたいだ……一回限りってホントなのかも)

「そういうことであれば……」

「ありがとう、よかったわ」

ユリコは上目遣いに媚《こ》びた目つきを見せてきた。

(おっぱいも柔らかそうだし……ミニスカから伸びる脚も白くて……)

そんな淫らな視線を察したようで、ユリコはイタズラっぽく微笑んだ。

「いいのよ……ほら、触ってみて」

ユリコは聡の手を取り、自らのニットのふくらみに重ねさせる。

ふくよかな乳房のしなりが五本の指に伝わってきた。

ブラジャー越しでも、官能的なふくらみの温かさが感じられる。それにユリコの心臓が、ズキズキと疼いている。

興奮しているのだ。

聡は思い切って、乳房を揉みしだく。

「はぅん」

人妻の唇から湿った声が漏れる。さらに揉んだ。

おっぱいは手のひらにおさまるサイズで、もっちりした柔らかさだった。

「ウフッ、どうかしら、私のおっぱいは？」

ユリコは聡の胸に頬ずりするように、甘えてくる。

ふわっとした甘い匂いが、ショートボブヘアから立ちのぼり、陶然となる。

「とても柔らかくて……ふわっとして……」

指先を押し返してくる弾力が、たまらなかった。

ブラジャーをしているからはっきりとはわからないが、おっぱいが少し張ったような気がする。中心部も熱くなっている。

「感じちゃう……すごくいやらしい揉み方ね」

ユリコは微笑を浮かべながら、聡のシャツの腋《わき》の下を嗅いできた。

「あ、ユリコさんっ……そこだめですっ。汗臭い」

ずっと外を出歩いていたから、うっすらと汗ばんでおり、聡は狼狽《うろた》えた。

しかしユリコはそんなことを気にせず、腋窩《えきか》に鼻先をこすりつけてくる。

「いいのよ。私、男の人の匂い好きだから……でも、すごく匂うかも」

「ええ……？」

「ウフフ」

笑みをこぼすと同時に、ユリコは聡の股間のファスナーを引き下ろしてきた。

「え……ああ……」

フラップボタンを外されてパンツを引き下ろされる。怒張はそり返り、切っ先にはすでにガマン汁をにじませてしまっている。

「すごい匂いね……」

ユリコはみなぎった肉竿を直接握ってきた。

「くううっ」

細くてしなやかな指が表皮を這うと、あまりの気持ちよさにペニスは下腹にくっつくほど角度を急にする。

(この奥さん……うまい)

ためらいをふっ切ったような人妻の大胆さに、ますます期待が高まっていく。

負けじと聡も、ニットの上から乳房を激しく揉みしだく。

「ううんっ……」

悩ましい声をあげたユリコは、聡をベッドに押し倒しつつ、唇を重ねてきた。

(おうう、今度は……キス？)

頭がついていかないが、柔らかな唇の感触と、温かな呼気を感じる。

興奮して自分から舌を入れようとするも、その前に、人妻の舌がぬるりと口中に潜り込んでくる。

なめらかで、とろけそうな小さな舌だった。

しかし、よく動いて、ねちゃねちゃと音を立ててからめてくる。

ユリコの唾はシロップのように甘く、聡はそれを味わいたくなって、唇をすぼめてチュッ、チュッと吸いついた。

「んン……んふっ……クチュッ……んんっ、エッチなキスね」

口づけをほどき、媚びた声で言いながら、ユリコはまた吸いついてくる。

「ンンッ……ハア、ハア……ユリコさんの方が、エッチですよ。キスしてるだけで頭がおかしくなりそうになる……ンンッ、クチュッ……チュッ」

ふたりの舌がからみ合い、濃厚な唾液がお互いの口中に混じっていく。

「うぅん……ううんっ……」

うっとりした声を漏らしつつ、ユリコは再び聡の股間に手をすべらせてきた。

キュッと包み込むような触り方だった。

「んうっ」

激しいディープキスで舌をもつれ合わせつつ、喜悦の叫びを漏らしてしまう。

「あんっ……すごいビクビクしてるわ。手がオツユでべとべとよ」

「んふっ、んぅ……だ、だって……俺もガマンできないよ……」

昂ぶってきて、初対面なのに甘えてしまう。

しかし相手の人妻も、歯止めが利かなくなっているようだった。うっとりと目を細めつつ、

「ああんっ、いいわ……うんっ、んふんっ……自由にしてっ……オクチでも、おまんこでも、私のこと好きに使って……ああんっ、恥ずかしいわ」

(お、おまんこなんて口にするんだ。この奥さん……)

一期一会と思って、大胆になっているのだろうか。

こちらも余計なことは考えず、没頭したくなってきた。

おっぱいを握っていた手を下に持っていく。指先が脇腹を撫でると、

「んふぅん……」

ユリコは鼻にかかった声を漏らし、顎をそらせて白い首をさらした。

あらわになった首筋に、聡は舌を這わせていく。

「あっ……あっ……」

ユリコはうわずった声を漏らし、ギュッとしてくる。

聡も貪りつくように首元や耳の後ろに唇を押しつけて、ねろねろと舐めていく。

「ううん」

汗の味が強くなり、発情した女の濃い匂いがする。

濃密な女の汗や肌の匂いを楽しみつつ、唇を押しつけていると、股間に押し当てられていたユリコの指がゆっくりと肉竿をシゴいてきた。

「あんっ、やけどしそうなほど熱いわ。それに硬い」

「くうっ……ユリコさんがエッチだからですっ……ああ、ユリコさんは？　感じてくれてます？」

「ウフフ、たしかめてみて……」

意味深にささやく人妻は、聡の手を取り、ミニスカートの中に導いていく。

聡は導かれるままに、人妻の股間に手を伸ばす。

「あンっ」

ユリコが顎をそらし、太ももをよじらせる。

（す、すげえ……）

さらさらしたパンストの感触と、肌のぬくもりと熱気もたまらないが、それよりも股間の湿り気に驚いてしまった。

「もう、濡れてるんですね」

「やだっ……そういうことストレートに口にするのね、あなたって……」

ユリコは笑みをもらすと、身体をズリ下げていき、聡の股間の間に身体を滑り込ませていく。

（えっ……あっ……）

なにをするのかと思ったら、聡の股間に顔を近づけ、スンスンと肉茎を嗅ぎはじめた。目をつむり、うっとりした顔で肉棹に鼻先をこすりつけながら、さらにユリコはスカートの奥に自分から手をやり、もそもそとやり出した。

「んんぅぅ……」

悩ましい吐息と、くちゅ、くちゅという音がかすかに聞こえ、聡のドキドキはさらにふくらんでいく。

（男性器の匂いを嗅ぎながら、おまんこをいじるなんて、この奥さんエロすぎだろ）

ユリコは顔をあげると、イタズラっぽく見つめながら、勃起の根元を握り、優しくシゴいてきた。

「くおぅぅぅ！」

とたんに甘い痺れが下腹部に宿り、聡はたまらず腰を浮かせる。

「気持ちいいのね？」

「は、はい……」

ウフッとはにかんだユリコが、濡れた切っ先に指先をあてがい、円を描くように撫でてきた。

「これもいいでしょう？　ねえ、私のも触って」

そう言うと、ユリコは聡の身体に後ろ向きに跨がってきた。

勃起に顔がいくように位置を調節している。

ニットの背中がグンとしなり、腰を突き出してきたので、目の前にパンストとパンティに包まれた大きなヒップが迫ってきた。

男が下になるシックスナインだ。

「ああ……ねえ、ねえっ……ストッキング破って。お願い、私のアソコを可愛がって」

肩越しに振り向き、媚びを売るような甘い声で言って、ユリコは細腰をくなっ、くなっ、と目の前で揺らめかせてくる。

（ぬおお……）

すごい光景だった。

肌色のパンストに包まれたヒップは丸々として、刺激的な紫のパンティが透けて見えている。しかも真ん中のシームのあたりに、濡れジミがあるのだ。

聡の指がシームに沿って這う。指に力を入れると、くにゅうと亀裂の溝に柔らかく沈み込んでいく。

「あ……！　あっ……ああんっ……」

ユリコが声をあげ、尻たぶをキュッと窄《すぼ》める。

さらにしつこく撫でると、指に湿気がまとわりついてきた。ユリコの尻がもっと欲しそうに、目の前でぷりぷりと躍っている。

発酵した匂いが強くなり、それを嗅いでいるとますます欲情していく。

指でストッキングを引っかけて、乱暴にピリリッと引き裂いた。

ちょうど秘部を包み込むパープルのクロッチ部分が露出する。シルクのようなつるつるしたパンティ素材でも、濡れジミがはっきりとわかる。

シミがわかりにくい濃い紫色なのに、それでもわかるのだ。

どれだけ濡らしているんだと、シミに指を持っていくと、くちゅっ、と音を立てて指が湿地に沈み込んでいく。

「あぁぁ……くっ……くっ……」

ユリコが震えながら、しがみつくように勃起を握ってくる。

「ああ、気持ちいい……気持ちいいわ……」

ペニスをしごくユリコの手に熱が籠《こ》もる。

指先が根元から先端をこすりあげ、さらには鈴口も指の腹で撫でられると、聡は恥ずかしさとくすぐったさに、シーツをつかんで身をよじる。

「ああ、俺も……」

「もっと気持ちよくなりたい？」

肩越しにユリコが見つめてくる。色っぽく目を細めた表情に、心臓がズキズキと鼓動を速めていく。

「は、はい……」

「どうしてほしいの？」

ウフフと挑発的に笑われて、聡は唾を呑んだ。

「しゃ、しゃぶって……しゃぶってください」

かすれた声で言うと、ユリコはグッと聡に抱きつくようにして、股間に顔を近づけた。湿った吐息が肉竿にかかるのを感じる。

そして次の瞬間、亀頭が温かい粘膜に包まれた。

(うわわっ……)

こんな美人の奥さんが、洗ってないチンポをしゃぶってくれる。

背徳に怒張がビクビクして、汁をたらたらとこぼしてしまうほど興奮する。至福の気持ちとともに、陰嚢がひりつくほどの快楽が一気にせりあがってきた。

「くうう」

気持ちよすぎて、ついつい無意識に腰を突きあげてしまった。

必然的に、ユリコの口腔深くに肉竿を突き入れる形になる。

「んぐっ……んふっ、んふっ……」

ユリコは噎《む》せて、いったん口から勃起を離す。

「やだ、もう……」

怒ったような声をあげつつ、再び大きく口を開いて肉傘を咥え込んでくる。

「うぐ……」

聡は脚をガクガクと震わせた。

亀頭からペニス全体が温かな潤みに包まれ、やがて下腹部にぬくもりがじんわりと染み込んでいく。頭がとろけそうな心地よさだった。

「んぅん、んぅぅ……」

鼻奥で悶えながら、ユリコは顔を上下に打ち振り、勃起を唾液まみれにする。

美しい奥さんが、ムンムンとした色気を発散させ、シックスナインで尻を振りながら、情熱的におしゃぶりをつづけてくる。

聡はふと横を見た。そこに大きな姿見《すがたみ》があり、こちらを向いている。

「いやらしいんですね、奥さん。ほら、横を向いてください。鏡に映ってますよ。奥さんのいやらしいフェラ顔……」

「んっ！　んふぅぅ」

ユリコが咥えながら視線をあげ、バラ色に染まった顔を小さく振ったのが鏡に映った。眉根に一層縦ジワを刻み、羞恥に歪む困り顔をされ、聡はさらに奮い立つ。

「ずいぶん情熱的にしゃぶるんですね。チンポを舐めるの好きなんですね」

ユリコは「むう」と口にして、屹立から唇を離すと、肩越しに振り向いて赤ら顔を向けてくる。

「あん、いじわるなのね、あなたって……」

「でも、好きにしていいって言ったのは奥さんの方ですよ」

「エッチな人ね。じゃあ、答えてあげるわ……好きよ。こうして、大きくしてくれるって、女はうれしいと思う……すごく男臭いけど美味しいの」

聡がニヤつくと、ユリコは照れた表情を隠すように、再び亀頭に唇を被せた。

「んん……」

ぶちゅ、と卑猥な唾の音を立てて、肉竿がまた口腔に咥え込まれる。

今度は激しかった。

じゅぽっ、じゅぽっとリズミカルに唇を滑らせて、顔を上下に抽送させながら喉奥まで深く飲み込んでいく。

口を窄めているからだろう、表皮の摩擦が気持ちよすぎた。

それだけじゃない。

おしゃぶりしながら、吸引し、さらには舌を使ってねろねろと舐めてくる。

(うわっ、いったいなんだ、これは……)

先ほどまでの優しいフェラとはまったく仕様が違う。ねっとりした舌使いと吸引力に、聡はたまらず声をあげた。

「うぉぉ……！」

腰が自然と動いてしまう。睾丸がせりあがってきたような感覚を受け、尿道が熱くなっていく。

「ユ、ユリコさん……それっ……イキそうです」

聡は腰をよじり、歯を食いしばる。

すると人妻は勃起を口から吐き出し、ウフフと笑いかけてくる。

「んふっ、ダーメ。まだ出しちゃ。あんなこと私に言わせるんだもの。ねえ、私のもいじって。お願い」

ユリコが尻を振り立てると、濃厚な獣の匂いが鼻先に漂う。

フェラが気持ちよすぎて、聡はクンニも手マンもできなかった。たしかにシックスナインはお互いが気持ちよくなる行為なのに一方的すぎた。

感じさせてあげなければ、という使命感を抱き、紫のパンティを横にズラして双尻のあわいに指を伸ばす。

そこはもうびっしょりで、愛液が太ももまでしたたっていた。

熱い潤みに指を差し入れるとユリコは、

「ああン……いいっ……」

と、すぐに腰を震わせて、聡の上で大きくのけぞった。

しばらく指で攪拌《かくはん》していると、ユリコの震えがひどくなり、肩越しにつらそうな顔で見つめてくる。

「んふっ。上手ね。私もイッちゃいそう。はしたないって思うかもしれないけど、でも私……こんなの久し振りなの」

「イッてください……じっと見てますから」

「やんっ……そんな」

恥じらいを見せつつも、人妻は「もっとちょうだい」という風に、ヒップをくなくな揺らしてくる。

さらに指を増やし、二本で膣奥のざらざらしたところを甘くこすった。

「はぁっっ！」

ユリコは勃起をギュッと握り、尻を振りたくる。

さらに差し込んだ指を抜き差しし、同時に陰核を優しくつまみあげた。

「あ……あぁ！」

ユリコのヒップから蜜がしたたり、肛門や会陰までもべとべとに濡らしていく。

「そこ、ああ……そこ、刺激が、刺激が強すぎるぅ、いいっ！」

やはり、ここがいいのだ。聡は鼻息を荒くしながら、クリ愛撫を続ける。ユリコは腰を揺すりながら、切迫した声のトーンをあげていく。

クリの充血が痛々しくなってくる。

いたわってやろうと、聡はクリトリスに吸いついた。

すると人妻は「ひっ」と悲鳴をあげ、

「イクッ……ああっ、いやぁ！」

聡の上に寝そべった人妻は、突然ビクッ、ビクッと豊腰を震わせた。

イクときの顔が鏡に映っていた。

眉根を寄せた美人のとろけ切った表情を眺めているだけで、聡の股間はヒクヒクと動いて、いてもたってもいられなくなってきた。

3

「ハア……ハア……ああん、恥ずかしいわ」

聡の上から降りたユリコは、ふらつきながらもベッドに座り、両手をミニスカートに入れて、パンティを引き下ろしていく。

足首から抜いたパンティがぐっしょりと濡れている。

「あ、あの……ユリコさん」

聡はドキドキしながら、訊いた。

「わかってるわ……」

ユリコはニットを脱ぎ、紫のブラジャーを外して胸をあらわにする。

小ぶりではあるが、乳輪は人妻とは思えぬ透き通るようなピンクだった。

ミニスカートも脱いで、一糸まとわぬヌードになると、あまりのスタイルのよさに見惚《みと》れてしまった。

「あん……見てないで、あなたも脱いで……」

言われて聡はハッとして服を脱いだ。

こちらも全裸になり、そそり勃《た》つ肉竿にゴムを被せて、ユリコに近づいた。

彼女は仰向けになっていたが、聡が近づくとうつ伏せになり、

「私、後ろからが好きなの。いい？」

と、四つん這いになって剝き出しのお尻をくいっと突き出した。

真っ白くて汗で濡れ光り、丸みが強調されている。

美しい尻だった。

見られているだけで、この奥さんは感じてしまうのだろうか。尻奥から新たな体液がどろりとあふれ出して、ツゥーと糸を引いたように垂れ落ちる。

「はああん……恥ずかしいわっ、んふぅ……後ろからじっと見られるなんて……ねえ、

早くあなたの大きいのを、そのまま私の中に入れてぇ……はあんっ」

イッたばかりなのに、ユリコはもどかしそうにせがんでくる。エロかった。こんなにエロい人妻は初めてだ。出会い系を使うくらいなんだから、旦那ひとりでは満足できないんだろう。

「い、いきますよ」

聡はくびれた腰を持ち、下腹へと押し込んでいく。

濡れた秘部に切っ先を押しつけると、ぬるりと嵌《は》まるように入っていく。

「あっ……あっ……あンっ……オチンチン、熱くて硬いっ。はあああんっ」

ユリコは四つん這いのままに、しなやかな身体をのけぞらせる。

さらに奥までぬかるみを穿っていき、からみつく柔襞の感触をじっくり味わおうとした。

だが余裕がなかった。

さすがに人妻で、根元をしめつけてくる具合のよさがいいし、ましてやこっちはフェラチオでぎりぎりまで昂ぶっていた。

聡は唇を嚙みしめて、射精しそうになるのをこらえてじっとしていた。

だが、それでは当然、このスケベな奥さんは満足しない。

「ああんっ、素敵っ……ねえ、早く動かしてっ……」

肩越しに息を乱したユリコが見つめてくる。

(くうう、すぐに出したら怒られそうだな。ここは頑張るしかない)

こみあがる射精の衝動をなんとかやり過ごしつつ、聡は人妻のヒップを持ち、ググッと腰を押し込んでいく。

同時に下垂したおっぱいを背後からつかみ、硬くなった乳首を指でいじる。

「はああんっ……いやんっ……子宮がっ……ああんっ、押しあげられてるぅ……ああんっ、いい！」

人妻は自分から尻を動かしてくる。

しかも円を描くように、大胆に、だ。

「くううっ、そ、そんなに動かしたら……ああ、奥さん、た、たまんないですっ」

聡は唸り、もう本能的に腰を動かしてしまっていた。

「あはぁ……ああんっ、いいわっ、もっと、もっと犯してっ……」

ユリコは眉根を寄せた顔で、泣き濡れた顔を見せてくる。

色気がムンムンだ。さらに突き入れる。

じゅぶ、じゅぶっと粘液をかき混ぜる音が立ち、さらに締めつけが強くなる。

「ああん、イキそうっ……」

「お、俺もですっ……」

汗ばんだ腰を持ち、聡はイチモツで蜜壺を何度も強く穿ち続ける。

「はあああん……イクから……またイクからっ……はあああんっ、あああんっ……大きいのきちゃううぅん……はあああんっ……イ、イクゥウウ！」

朱色の唇から、甘く激しい絶叫が放たれる。

人妻の四つん這いの身体がビクッ、ビクッと震えて、ギュウウウとペニスを搾り立ててきた。

「くぅぅ……ああ、で、出るッ……」

全身が引き攣るほどの快楽が駆け巡り、聡はゴムからあふれそうなほどの精子を放出していた。

目の前がかすむほど気持ちよく、聡はクラクラした。

ユリコはイキながら、男根の感触をもっと味わいたいと腰をくねらせて、大きなヒップをこすりつけてくる。

その欲望にまみれた人妻の淫乱ぶりがたまらなかった。

出したばかりだというのに、背後から抱きつきながらもおっぱいを揉みしだき、乳首をこりこりとくすぐってやる。

すぐに二回戦がはじまった。

4

その一週間後のことだ。

かつての高校時代のクラスメイトで、悪友だった夏野祐介《なつのゆうすけ》から、久しぶりに会わないかと連絡がきた。

高校を卒業して以来だから、ほぼ十年ぶりである。

地元に帰ってきてから、祐介にも久しぶりに会ってみたいなあと考えたのだが、既婚だったから遠慮して連絡を取らないでいたら、一年も経ってしまったのである。

「聡さあ。去年だろ、おまえが帰ってきたの。言えよなあ……水くさいんだから。結婚式も来なかったしさ。おまえには薄情なところがあるぞ」

電話で悪態をつかれたが、声も話し方も昔と変わってなくてホッとした。

「いや、ホント、結婚式は悪かったって。どうしても行けなかったんだから。でも、結構包んだろ」

「とにかく遊びに来いよ。うちのにも言ったら、ぜひ会いたいと言ってたぞ」

というわけで、夕飯をご馳走になるために、夏野家にお邪魔することになったのだった。

(結婚したのは三年前か、奥さんってどんな人なんだろうな)

祐介は意外とモテていたから、結構な美人をつかまえたんじゃないだろうか。

そんなことを思いながら、高台に建った一軒家を訪ねたときだ。

「おう、来たか。なんだ、全然変わってないな」

玄関から出てきた祐介の姿に、聡も懐かしいなと思った。

「おまえも、なんも変わってないじゃないか」

言いながら、玄関に入ると淡いピンクのニットと、フレアスカートという清楚な格好の女性が迎えてくれた。

「初めまして、妻の佳菜子《かなこ》です」

軽く頭を下げた友人の奥さんを見て、聡は心臓がとまるかと思うほど驚いた。

(ユ、ユリコさん！)

間違いなかった。一週間前に出会い系のアプリを使って逢い、逢ったその日にラブホテルでセックスをした相手だ。

「……あ、は、初めまして、宮沢聡です」

なるべく自然に笑顔を向けようと思うのに、顔がどうしても強張ってしまう。

ユリコ、いや「佳菜子」も聡と顔を合わせて、「あっ」と声をあげた。

祐介が「どうした？」と言い、佳菜子と聡を交互に見た。

「ごめんなさい、すごく知り合いに似ている人がいて。びっくりしちゃったの」

佳菜子がうまく取り繕う。

それにしても、恐ろしい偶然だった。

(マジか……祐介の奥さんとセックスしたのかよ……)

身体がカアッと熱くなる。

泊まっていけと言われていたが、緊張して長くはいられないだろう。早めに帰ろうと決めた。

「すみません宮沢さん、お忙しいのに……祐介さんが無理矢理誘ったんでしょう？」

佳菜子が初めて会ったばかり、という態度で接してくる。

(すごいな……女っていうのは、怖い……)

「い、いや……別に忙しくはないですから……」

ドキドキがとまらない。なんとかボロを出さないようにしなければ。

「いいんだよ。こいつは地元に帰ってきたことも言わない薄情なヤツなんだから、おい聡、今夜は飲むぞ。飲めるんだろう？」

祐介がぽんぽんと肩を叩いてくる。

「え、ああ……ま、まあな」

夕食は佳菜子のつくったビーフシチューがメインで、食卓には凝ったサラダや種類豊富なチーズも並んでいた。

最初こそ緊張していたものの、アルコールが入ると少しくだけてきた。

そもそもが、だ。

写真も見たことなかったからわかるわけないし、佳菜子の方もまさか旦那の友達とは思わないだろう。

だから非があるとすれば、浮気した佳菜子の方だ。

こちらに罪はない、と思うのだが、やはり祐介と接していると罪悪感がこみあげてくる。

（しかし……あらためて見ても、美人だよなあ）

三日前は濃いメイクをしていたが、今はナチュラルメイクだ。

だがこっちの方が佳菜子にはよく似合っている。

目鼻立ちも整っているから、まるで清純派女優という雰囲気だ。黒髪がまたキレイなので、余計に女優っぽさが増している。

「おい、もう酔ったのか？」

祐介が訊いてきて、聡はハッとした。

「あ、いや……佳菜子さんがキレイだから、緊張してさ。しかし、おまえにはもったいないよ」

慌てて取り繕うと、祐介はまんざらでもない顔をして、ワイングラスを呷る。

「まあな。たしかに俺にはもったいないかもな。結婚したのは、こいつがまた新入社員の頃で、二十三のときだからなあ」

「二十三？　佳菜子さん、ホントによかったんですか、こいつで」

聞きながら、三年前の二十三だから……と、佳菜子の年齢をとっさに頭の中で計算した。二十六歳だ。ということは、やはり年下だったのだ。

佳菜子はちらりと祐介を見てから、はにかんだ。

「祐介さんが結構強引に誘ってきて……私に有無を言わさなかったんです」

「そうだっけ？」

「そうよ」

ふたりのやりとりを眺めていると、仲睦《なかむつ》まじいように思える。

（佳菜子さん、なんであんなことしたんだろう……ん？）

考えていると、テーブルの下でなにかが当たったような気がした。

「ごめんなさい。スプーンを落としてしまって」

向かい側に座る佳菜子が、すまなそうに言う。

「いいですよ、拾います」

聡はスプーンを拾おうとテーブルの下を覗く。すると、

（えっ？）

向かいに座る佳菜子の脚が大きく開かれていた。スカートの奥にピンクの布地がはっきりと見えている。

（この不自然な足の開き方……もしや、俺に見せているのか……！）

佳菜子はストッキングを穿いていなかったから、生のパンティだ。

身体が熱くなる。だが凝視しているわけにもいかないと、スプーンを拾いあげてから上体を起こした。

「ど、どうぞ」

聡がドキドキしながら、スプーンを佳菜子に渡すと、

「すみません」

と、言いつつ意味ありげに微笑んで席を立った。佳菜子はキッチンに行ってスプーンを洗って戻ってきた。

(どういうつもりなんだ……)

ますます不安になる。

と同時に、身体が熱くなってしまう。

(なんて悪い人だ……)

呆れると同時に、友人の妻への禁忌《きんき》の思いが湧きあがってしまう自分も、いやらしいなあと思うのだった。

5

「ここでいいんですか?」

聡は佳菜子に訊いた。

「ええ、そこでよく寝ているのよ、祐介さん」

リビングのソファに祐介を寝かせると、佳菜子は持ってきた毛布をかけてやった。

祐介は大きないびきをかいている。起きる気配はまるでなかった。

「そんなに普段飲まないいんだけど、きっと聡さんに久しぶりに逢えたからうれしかったのね。こうなると、たいてい朝まで起きないわ」

佳菜子がニコッと微笑んだ。

ドキッとして、腋窩に汗がにじんだ。

訊きたいことは山ほどあった。特に先ほどテーブルの下で見せつけてきたパンチラのワケは、ぜひ訊いておきたい。

だが同時に、ここにいてはいけないという気になっていた。

「じゃあ、俺……そろそろ」

帰る素振りをすると、佳菜子は「あら」と意外そうな顔をした。

「さっき泊まるって、祐介さんと約束してなかった？」

「いや、でも……祐介、寝ちゃったし」

「明日、どこかにふたりでお出かけするんでしょう？　それなら泊まっていった方がいいんじゃないかしら」

たしかに朝から釣りに行こうと祐介と決めたので、このまま泊まらせてくれたらラクだなと思っていた。

だが……。

葛藤していると、佳菜子は艶めかしい目で見つめてきた。

「……こんなふしだらな嫁がいるのは、怖いって感じかしら」

佳菜子がストレートに言ってきて、聡は息を呑んだ。

「まあ、そうだね……やっぱりあんなことよくないよ」

言うと、佳菜子は寂しそうな顔をして、

「こっちに来て」

と、ソファに座るように言った。

目の前の三人掛けのソファに、祐介は気持ちよさそうに寝ていた。その顔を眺めながら、小声で佳菜子がささやく。

「浮気したのよ、彼」

「え？　あのホテルでの話って……」

「本当のことよ」

思わず寝ている祐介を見た。人の良さそうな顔だ。

「メール見ちゃったからわかるのよ。でもまあ二、三度逢って終わったみたい。相手も水商売の人だったしね」

佳菜子は、「はあ」とため息をついた。

「だからその仕返しに出会い系サイトってわけかい？」

聡の言葉に、佳菜子はこくんと頷いた。

「彼のことは好きなのよ。だから、問いつめるようなことはしなかったの。もちろん今後もするようなら考えるけど。でも、黙っているだけっていうのも、口惜しいじゃない？　向こうだけが浮気しっぱなしって」

「だから、腹いせに知らない相手と、か。まさかそれが……」

聡は自分の顔を指差した。

彼女が苦笑する。

「びっくりしたわ。悪いことってできないっていうか。だから、私ももうしない。最初で最後のつもり」

言われてホッとした。

人の家庭のことをとやかく言う資格はないけど、やはり友人の家庭は円満であってほしい。

「まあ、ひどいヤツだけど、根は悪いヤツじゃないと思うんだけどな」

フォローしてもしょうがないが、一応聡はそう言ってみた。

しかし佳菜子は「そうね」と同意してくれた。

「それはわかってる。だから、これがホントに最初で最後。私もふっ切って、きちんと夫婦生活を送るし、彼のことも許すつもり」

「よかったよ、ホッとした」

と言いつつ、佳菜子の顔を見つめ、聡の胸はときめいた。

友人の奥さんの目が艶めかしく濡れていたからだ。

「そう……だから、これが最後ね」

佳菜子は旦那が寝ている前で、聡の頬に軽くキスをした。

6

「ううん……」

友人宅の風呂場で、その奥さんと裸で抱き合いキスをしている。

いけないことだとわかっているのに、この燃えるシチュエーションには抗えなかった。

正直に言うと、友人の奥さんは、聡にとってもろにタイプであった。股間は今にも爆《は》ぜそうなほどギンギンになって、佳菜子の腹のあたりをこすってしまっている。

「あん……すごいわっ……」

キスをといた佳菜子が、ウフッと笑って勃起を握ってくる。

「くっ……」

いやらしい手つきに、さらに股間が硬くなってしまう。

(しかし、色っぽい身体だな)

乳房は小ぶりだが、形は抜群だ。乳輪が大きめなのが好みだった。

下半身は豊満だが腰は細い。

「ねえ、ここに座って。洗ってあげる」

佳菜子は椅子を洗い場に置く。

聡は言われた通り背中を向け、それに座った。

彼女のしゃぼんまみれの手が背中に触れ、聡はビクッとして振り向いた。

「え……ちょっと……」

「いいでしょう？　タオルでやるより、しっかり洗えるわよ」

彼女は背中だけ洗うのではなく、聡の腕を上げさせて、腋の下までも、ごしごしとこすってきた。あっという間に身体がしゃぼんまみれになる。

（この人……尽くしたいタイプなんだな……）

正直不安になってきた。

本当に今日だけで終わりなんだろうか。

そんなことを考えていると、ふたつのふくらみが背中に押しつけられた。

佳菜子が背後から抱きついてきたのだ。

（おおおっ……）

もう友人の夫婦関係のことなど考えられず、聡はうっとりと目を細める。

背中に当たる柔らかな乳房の肌触り、こりっとした乳首の感触。耳元で「あん、あん」と甘い声が聞こえ、佳菜子も興奮しているのが伝わってくる。

あまりの心地よさに全身の毛が逆立った。

陰茎は痛いほど硬度を増す。

「ねえ、気持ちいい？」

耳元で彼女がささやいてくる。

「あ、ああ……すごいよ、たまらない」

「ウフッ……アレがビクビクしてるものね」

佳菜子が背中から離れたと思ったら、ボディソープで自らの全身を泡まみれにし、今度は前にまわって聡の足の間に膝立ちした。

(え……な、なんだ)

慌てる聡を尻目に、佳菜子はギュッと強く抱擁してくる。

「うおおお……」

思わず叫んでしまった。

ぬるぬるした肌と肌が密着する気持ちよさ。

さらに乳首の尖りが、聡の乳首にこすれて心地よさを倍増させる。

「んぅぅっ……んんっ」

鼻奥で悶え声を漏らしながら、佳菜子は聡を引き寄せ、伸びあがるようにして弾む乳房を身体にこすりつけてくる。

「くううう……お、おっぱい……たまんないっ」

うわごとのように言うと、佳菜子は見あげてくる。

「やぁん、洗っているだけよ……」

「洗っているだけなんて言って……佳菜子さんだって……」

聡は手を下から前に出し、佳菜子の恥毛を指でかき分けた。

「あン、んっ……」

ビクンッと可愛らしく震えた佳菜子が、甲高い声を漏らす。

もうガマンできなかった。

聡は中指で花弁を押し開き、そのまま膣洞に指を挿入した。

「あん！　いきなりなんて……指を抜いて……声が、声が出ちゃうから」

「指って、これのこと？」

聡はからかうように言いながら、女裂に潜り込んだ指をグッと生温かいとろみの中に押し込んだ。

「んんんん！」

人妻の押し殺した悶え声が、バスルームの中に反響する。

佳菜子は声を隠すためか、慌てたように聡の唇にむしゃぶりついてきた。

「うんんっ……んんっ」

激しく口を吸い合い、舌をもつれ合わせる。

膣内をねぶる指先はもうぐっしょりだ。

中指で膣穴を可愛がりながら、親指で肥大したクリトリスをコリッと捏ねる。

「んくっ……！」

彼女はキスをほどき、両手で顔を覆った。真っ赤になった美貌をふるふると打ち振り困ったようなしぐさを見せる。

さらに指で肉芽を可愛がると、

「あはんっ……もうきてっ……もう……」

と、佳菜子は立ちあがってバスタブの縁を両手でつかみ、くいっと尻を後ろに突き出してきた。やはりバックが好きらしい。

ぷりんっ、とした尻丘の迫力がすさまじい。

聡は夢中になって、むにっ、むにっと尻たぼを揉みしだきつつ、恥辱に喘ぐ佳菜子の腰をつかみ、ぬかるんだ女肉にペニスをゆっくりと押し込んだ。

「ぐうっ」

立ちバックの姿勢で、息をつめて腰を送る。

泡と蜜にまみれて滑りがよすぎて、一気に奥まで貫いてしまった。

「イヤッ……大きいッ」

佳菜子は大きく背中をのけぞらせ、愉悦の声を漏らす。

そのときだ。ガタッと物音が聞こえて、聡は腰の動きをぴたりととめた。

「おーい、佳菜子ーっ」

祐介の声に、ふたりはつながりながら顔を見合わせた。

「あー、風呂か」

友人の声が、こちらに近づいてくる。

（ま、まずいぞ……起きたのか）

服は洗濯物の奥に隠してあるから見つからないだろう。

そんなことよりもこのガラス戸を開けられたら、一巻の終わりだ。

「いやー、飲んだ飲んだ」

祐介の声が隣の脱衣所から聞こえてくる。緊張で心臓が飛び出しそうだ。

佳菜子はシャワーの栓をひねった。温かいお湯とともに細かな水の音がバスルームに響く。

「あ、あなた……シャワー終わるまで、ちょっと向こうで待ってて」

佳菜子が何とか平静を装いながら伝えた。言いながら、蜜壺がペニスを咥えたままキュウと収縮する。

「あいつは？　もう帰った？」

「え、ええ……私だけよ」

ちらりと背後を見ながら、佳菜子が取り繕う。

（まずいな、あとで靴を取ってこないと……）

こうなったら、なんとしても、しらばっくれるしかない。

「あー、頭痛ぇ」

脱衣所にいる祐介はまだ酔いが醒《さ》めていないようで、舌がもつれたようなしゃべり方をしていた。

（開けるな。開けるなよ……）

緊張感が漂い、心臓が破裂しそうなほどドキドキする。

それなのにだ。突き入れたままのチンポはビクビクと脈動し、興奮がすさまじい勢いで全身を包んでくる。

（もうガマンできない）

聡はそっと手を伸ばし、佳菜子の口を右手で塞いだ。

同時に立ちバック状態のまま、後ろから深々と突きあげる。

「んぅ……！」

人妻の全身がビクンと震えた。たまらなかった。ゆっくりしたリズムで、肉襞をこするように狭穴を抜き差しする。

「つっ！　んっ、う……う……」

佳菜子が肩越しに涙目を向けてきて、顔を横に振った。無理矢理に口元の手を剥がして聡を睨みつけてくる。

「いやっ……なにしてるのよ、もう……」

声を潜めて非難するも、佳菜子の顔も欲情しているのがわかった。

「聡も結婚すりゃあなあ……」

祐介がガラス戸を隔てた向こう側から、佳菜子に話しかけてきた。

「そ、そうね」

佳菜子が適当に返事をする。

（祐介のやつ……なにを言ってるんだ、浮気したくせに）

と思ったが、自分もしていることは一緒だ。

これは罰なんだからな、と都合のいいことを思いつつピストンをする。

すると、佳菜子もくいくいと腰を使ってきた。

（え？）

聡が驚いた顔をして、口元の手をはがしてやる。

佳菜子が口の形だけで、《も・っ・と・し・て》と伝えてきた。

ゾクゾクした震えを覚えつつ、聡は友人が近くにいる前でその妻を突いた。

佳菜子が、「あっ、あっ……」と小さく喘いで、うっすらと淫靡な笑みを見せてくる。

危険な状況にもかかわらず、快楽には抗えないようだった。

やはり、地方の人妻は欲望深くていい。

だからこそ、こんな自分にもチャンスがある。

（悪くないなあ……地元の生活……）

地方妻との快楽と背徳の戯《たわむ》れは、一度味わったらやみつきだ。

（了）

※本作品はフィクションです。作品内に登場する団体、
人物、地域等は実在のものとは関係ありません。

なまめき地方妻《ちほうづま》

〈書き下ろし長編官能小説〉

2021年4月19日　初版第一刷発行

著者……………………………………………… 桜井真琴

ブックデザイン…………………橋元浩明(sowhat.Inc.)

発行人…………………………………………後藤明信

発行所……………………………………株式会社竹書房

〒102-0075　東京都千代田区三番町８－１
三番町東急ビル６F
email：info@takeshobo.co.jp
http://www.takeshobo.co.jp

印刷所……………………………中央精版印刷株式会社

定価はカバーに表示してあります。
本書掲載の写真、イラスト、記事の無断転載を禁じます。
落丁・乱丁があった場合は、furyo@takeshobo.co.jpまでメールにてお問い合わせ下さい。
本書は品質保持のため、予告なく変更や訂正を加える場合があります。

© Makoto Sakurai 2021　Printed in Japan

竹書房ラブロマン文庫　近刊目録

好評既刊

長編官能小説
秘密の若妻バレー部
河里一伸　著

長身若妻たちのバレーチームのコーチになった青年は、ボリューミーな肉体に耽溺する…！　高身長誘惑エロス！

770円

長編官能小説
快楽温泉にようこそ
庵乃音人　著

バツイチ美熟女、不倫妻…欲望を秘めた女たちへ肉悦のおもてなし！　温泉宿を舞台しためくるめく蜜楽ロマン。

770円

長編官能小説
汁だくスーパー銭湯
上原　稜　著

女性専門のスーパー銭湯でバイトする青年は、秘密の淫らなサービスも担当して!?　快楽と美肉のハーレム長編。

770円

長編官能小説
淫らママのとりこ
九坂久太郎　著

禁断の思いを母に抱く青年は、彼女が育ての母と知って一線を超える…！　ママたちを抱く興奮と背徳のロマン！

770円

好評既刊

長編官能小説
ぼくの熟女研修
鷹澤フブキ　著

女だらけの会社に就職した青年の前で美人上司たちは淫らに発情し快楽の研修を…。職場のお姉さんハーレム長編。

726円

長編官能小説
巨乳嫁みだら奉仕
梶　怜紀　著

田舎暮らしを送る男は二人の息子の嫁をはじめ巨乳美女たちに肉体ご奉仕を受ける日々を送る。快楽の嫁ロマン！

726円

長編官能小説
絶対やれる合宿免許
杜山のずく　著

運転免許を取るため青年が入った教習所の寮は、欲求不満な女性ばかりのハーレム寮だった…！　誘惑ロマン快作！

726円

長編官能小説
湯けむりオフィス
美野　晶　著

たまたま職場近くの豪邸に住むことになった青年は、自家用温泉目当ての美女に誘惑されて!?　快楽お風呂ロマン。

726円

長編官能小説〈新装版〉
堕とされた女捜査官
甲斐冬馬　著

違法ドラッグ組織に囚われた女捜査官は媚薬と快楽の性奴調教に女体を蝕まれ!?　凌辱ハードエロスの傑作！

726円

好評既刊

長編官能小説
しくじり女上司
美野 晶 著

オンナが輝く瞬間は弱みを見せた時…。上司たちのしくじりをフォローした後のお礼情交を愉しむ青年の快楽生活！

770円

長編官能小説
まさぐり癒し課
北條拓人 著

青年は女だらけの職場に作られた「癒し課」でお姉さん社員たちを淫らに癒す…！ 快楽と誘惑の新生活ロマン。

770円

次回刊行案内

長編官能小説
女体めぐりの出張
―書き下ろし―

伊吹功二

気鋭が描く方言美女の誘惑エロス！
2021年4月26日発売予定!!

青年社員は全国の出張先で快楽と人情の一夜を…！

770円